当我和世界不一样

来到这世上，我们都在追求安逸和渴望荣耀之间摇摆。

懒惰留下了一些人，时间改变了一些人。

剩下的，成了所谓的异类。

但也许，他们这些特立独行的人，才真正地未忘初心。

箱 信
LETTERS

DEVICE
CHANGE
45
RADIO INSTANT LABORATORY PRESENTS
DARE TO DEFY
Steamrolling Neo-Nazis in the '90s
white
town

/ 跑啊！阿甘！快跑啊！

/ 奔跑起来的你 无人能及

/ 曾经 因为没有夜莺的嗓音而忧伤

/ 后来知道 我能去世界的任何地方

/ 只要我张开翅膀

你看见　一个孤独的背影　/

背影在对话　普天下所有的生灵　/

/ 你 注定 是繁华里 不一样的风景

/ 也许 要反复很多遍

I LOVE you

许下的诺言　是我最虔诚的修炼　/

200

当我和世界不一样

马徐骏 作品

中信出版社 · CHINACITICPRESS · 北京 ·

图书在版编目（CIP）数据

当我和世界不一样 / 马徐骏著. -- 北京：中信出版社, 2015.2
ISBN 978-7-5086-4939-9
Ⅰ. ①当… Ⅱ. ①马… Ⅲ. ①散文集 – 中国 – 当代Ⅳ. ①I267
中国版本图书馆CIP数据核字(2014)第259692号

当我和世界不一样

著　　者：马徐骏
策划推广：中信出版社（China CITIC Press）
出版发行：中信出版集团股份有限公司
（北京市朝阳区惠新东街甲4号富盛大厦2座　邮编　100029）
（CITIC Publishing Group）
承 印 者：中国电影出版社印刷厂

开　　本：880mm×1230mm　1/32　　彩　　插：16
印　　张：7.75　　字　　数：120千字
版　　次：2015年2月第1版　　印　　次：2015年2月第1次印刷
广告经营许可证：京朝工商广字第8087号
书　　号：978-7-5086-4939-9/I · 593
定　　价：36.00元

世界不急，
你急什么？

献给
我最崇拜的
男人

老马这哥们儿，在我儿时的印象里一直是个严父。

我最怕他眼睛瞪得溜圆唬我的时候，无论是撒娇还是无理取闹，只要他眼一瞪，我瞬间感觉自己快被“吓尿”了。

记得小时候，有一次从部队回上海探亲，在大姑妈家做客，被问到一个几乎所有孩子童年时都一定会被问起的问题：“你喜欢爸爸多一点，还是妈妈多一点？”

当时我大概也就三四岁的样子，但我清楚地记得我在回答问题那一刻的所有心理感受和内心活动。

我的第一反应：当然是妈妈啊！这还用问！爸爸那么凶！

但是看了一眼正襟危坐在一旁一脸严肃的老马，咽了咽口水，很大声地回答：爸爸！

大姑妈问：“为什么呀？”

“没为什么！就是更喜欢爸爸多一些呀！”

好吧，说实话，是怕说更喜欢妈妈，会挨爸爸的揍，因为感觉妈妈更疼我，即便不说最喜欢她，至少也不会挨打吧。

所以谁说小孩天真无邪来着？小孩最会权衡利弊见风使舵，谁拳头硬傍着谁，谁给糖吃跟谁好，气节是什么玩意儿？孩子的世界里没那玩意儿！

当然啦，即便说了喜欢妈妈多一些，又怎么会挨打呢？

倒是这种挑拨离间的问题挺能显示孩子的智力水平，摆出一副殉道者的坚定表情，回答都喜欢不就好了嘛！并且按照老人的说法，三岁看八十，所以至今我都觉得自己其实是个笨蛋。

不过后来想想，是不是在教育我这个问题上，爸妈在我生下来时就分工好了，各自担负起严父和慈母的角色，如无意外，一辈子都不动摇。

说是严父，老马也只是看起来凶，我小时候真挨他打的次数加起来远没有跟他一起打雪仗来得多。

刚从外婆家被接到部队上跟爸妈一起生活的时候，按照他们后来的叙述，我完全就是个小野人的德行。当时外公宠我这个唯一的外孙到了不讲人性的地步，长牙的时候牙龈痒痒得不行，说要咬一口，外公就真把胳膊伸过来给我咬，我也就真的“吭哧”一口，血都流了出来才满意地罢嘴。

老马显然是容忍不了自己的亲生儿子跟个野生动物似的。所以那时候经常被他拎着耳朵关进厕所里反省，不说出自己错在哪儿了决不放出来，任凭我在厕所里怎么踹门、怎么挠墙、怎么嗷嗷叫，反正老马是铁了心必须把这熊孩子给教育好才算完。

我至今耳朵很尖，经常开玩笑质问他是不是小时候被他揪大的，老马都会一本正经地看着我说：“招风耳是我们马家的遗传。”

记忆里，唯一一次老马真正动手打我，是小学二年级的时候，放学回家发现书架上的香蕉少了两根，中午又只有我回过家，于是老马问我："香蕉是不是你吃了？"

我说："没有啊！"

然后老马就火了："吃了就吃了，没关系，但不能撒谎说没吃！"

我说："真没吃啊！"

然后就被打屁股了……还是用皮带抽的，然后，那根皮带本来也快报废了，结果不小心给抽断了……

这个梗被我说了十多年。

这是虐童啊！老马！而且你知道你那属于屈打成招吗？到最后嘴上被迫承认撒谎，但是心里依然肯定香蕉不是我吃的啊！你不觉得那时候我们去你单位的公共浴室洗澡，你带着一个臀部茄子色的倒霉孩子会让同事觉得你心理变态吗？好歹你大小是个领导啊老马！

老马一脸严肃地回答："我只是想教你做人要诚实。"

拜托，你这么认真干吗！我只是跟你探讨一下，我早过了记仇的年龄了，不过就是拿出来说，试图让你不好意思一下嘛。

老马继续一脸严肃地说："我就是个认真的人。"

好吧，我承认，如果每个人都有一个行走江湖的特殊技能，那么老马的大招就是——认真！

这两个字贯穿了他几乎整个人生。

记得刚从部队回到地方的时候，他从一个作战参谋转成了纪委公务员，从来没有写过公务汇报材料的他，在新家支起那张部队带回来的破旧圆桌，整夜整夜地揣摩，重写再重写。我半夜起身，看见那昏黄的灯泡依然亮着。

没过多久，老马的公文水平不但在单位里首屈一指，连老妈要写的材料也开始经他的手修改了。

所以老妈常说：“你爸这辈子最大的优点是认真，最大的缺点是太认真。”

我一直觉得按照老马这种直接干脆且令行禁止的作风，他最适合的是军旅生涯，而不是待在地方上当公务员。

做业务他一流，当领导那套他太外行。

所以回到地方上工作，他一直被当作灭火队，哪里有问题去哪里，搞好了就再接一个烂摊子。反正干活得靠你，升迁没你的份儿。如果不是最后碰到一位好领导，赶上一趟末班车，可能这辈子就要以一个科长的身份退休终老了。我觉得他做的工作比起他的才干来，就俩字：屈才！

但我没有资格说这话。

爸妈之所以放弃本来要被提拔的军队职位，回到上海做个小公务员，完全是因为我。

老马不想我每天天不亮就起床，坐两个多小时的汽车从部队驻地到城里上学，他想让我有更好的教育环境，所以爸妈加起来30年的军龄，最后带着3000块转业费回了地方，一切从头开始。

我从来没问老马，是否因此而后悔过。

我不敢。

当然，也是因为他如此在意我的成长，所以在青春期的时候免不了就发生了很多冲突，最狠的一次就是我们父子俩几乎拔刀相向。

初高中时最流行的，是日韩那种刘海长到挡住眼睛的发型，那时也是我“中二病”发作最严重的青春叛逆期，反正就是爸妈怎么看不惯怎么来。在把人气疯这一点上，有1分的可能绝对要拿出12分的努力。道理全是放屁，唯有我认为对的才是真理！

像所有不善于处理青春期亲子问题的父亲一样，老马眼里，这发型就是堕落的代名词。

终于在又一次关于发型的争执中，我们父子俩差点儿动手，我一怒之下冲进厨房抄起了菜刀。

老马气得都颤抖了：“怎么！还想砍你老子啊！”

被他气得抖得更厉害的我一转刀把，把菜刀递到他手上：“你不是觉得我丢你的人嘛！砍死我再生一个吧！”

老马被气乐……

教育专家们当然可以跷起二郎腿，轻松地指责老马的教育方式有问题。可现在的我想说，那时没有人教过我应该怎样做一个儿子，同样的，很小就离开家的老马，也从来没有人教过他应该如何当一个父亲。

像所有这一辈的人一样，他们都是把自认为最好的给自己唯一的孩子，很多时候也许简单直接，显得缺乏技巧，甚至有些笨拙，但没人会否认，那里面包裹的，都是最深最深的爱。

不过，这道理我也是后来才懂的。那时候的熊孩子，巴不得立刻离家出走，一分钟都不想多待。

结果没多久，我就因为吃了不干净的东西上吐下泄，不得不在半夜里去医院挂急诊。

腹泻虚脱的我，站都站不住了，更别说从没有电梯的5楼走下去，要么滚，要么爬！但我从没想过让老马把已经和他差不多高的我背下去，这是个绝对不会出现在我脑中的选项。况且前不久才刚动过手，那不等同于向“敌人”求助！我的自尊心不允许！

直到被老马拉到背上，我依然还在挣扎，那感觉好屈辱……

老妈在旁边说：“背你怎么了？小时候从车站要走好长一段路回家，你不想自己走，装睡，还不都是你爸背你回家的。都忘啦？大了反倒不好意思了。”

其实就是因为还记得小时候在老马背上，那宽阔而温暖的感觉，已经是大小伙子的我被迫去重温时，总有种说不出的奇妙感觉。

可当时脑残的我，脱口而出的却是："我肯定会还给你们的！"

爸妈都摇摇头笑了。

大概是举头三尺有神明，或者当时在心里赌咒发誓太狠，2007 年，我还真就还了老马。

他摔断了腿，要回家静养。家住 4 楼，还是没有电梯。上楼的时候我说："我背你吧！"

结果这次换成老马不好意思了，连连摆手拒绝说不要。

我一脸坏笑："嘿嘿，这不是父债子偿，是子债儿子自己来偿哦！"

然后我就不由分说地把老马背了起来。

就在那个时刻，我心里猛得惊了一下。

老马身高 175 厘米，比我只矮几厘米，体重也有 150 斤，可我从来没有想到，把他背在背上的感觉，会是这么轻，轻得甚至让我难以置信。

忽然意识到，他再也不能背我了，从今往后，该是我背他了，那一刻，眼里突然止不住的泪水，一下就涌了出来。

2009 年，老妈走了，从此剩下了我们爷俩相依为命。

在癌症折磨着老妈也折磨着我们全家的那几年里，从治疗方案到手术安排，老马都要亲自一遍遍地反复确认。但凡听到有什么好药，甚至偏方，有可能治病，老马都千方百计地照做。

最夸张的一次是，听说蚯蚓可以做药引，老马就真的去挖了一桶来熬，那个弥漫开的味道实在是……闻一口都想吐上三天。老马紧闭着厨房的门，在里面一边呕一边熬。老妈坐在客厅的沙发上，红着眼圈说：“我觉得嫁给你爸，这辈子值了。”

老妈是我见过最坚强的女人，可那些日子里，老马才是我们全家的精神支柱。想到可能就此失去妈妈，我已经六神无主，作为一个坚定的无神论者，我甚至开始做祷告。在夜里一个人的时候，我不知道老马心里会是怎样地难受，但在我们面前他一次都没有失态过。

一直到老妈过世的那个晚上，我把她送下楼去，回到病房的时候，我平生第一次见到老马颤抖着双唇，泪流满面。看着空空的病床，上面还有老妈刚躺过的痕迹和余温，老马一下子站不住了，我扶着他坐下，只听见他泣不成声：“好好的人，那么健康，怎么就这么没了，我没用，留不住你……”

钟点工阿姨来家里打扫的时候，看见我房间里挂着妈妈的照片，问起了家里的事。

我说我现在特别希望老马找个好老伴儿，钟点工阿姨很惊讶：“你不会觉得对不起你妈吗？”

我摇摇头：“从来没这么想过，你没见过我妈生病的时候，我爸对她有多好。我觉得一个人在世的时候对她好才是真的好，人不在，做什么都没用了，感觉再怎么用心都像是做给人看的。我觉得我妈挺幸福的，她也一定不想让我爸这么孤单。而且我妈走了以后，我爸一个人承担起原来两个人的责任，我们几乎再没有像原来那样争吵过，有什么都能心平气和地交流，就像两个彼此了解又交心的好朋友。”

真正相爱的人，都希望对方能过得更好，而不是彼此折磨。

阿姨想了想说：“你说的挺对，你也挺想得开。”

这算是想得开吗？

我不知道。

只是你一抬头，看见一个男人的背影，他陪你走过了你的孩提、青春和一半的人生，他没有要求你什么，只把自己觉得最珍贵最好的给了你。

你看着他的鬓角被时间点染变白，额头上的皱纹不知道有几条是因为你而再也无法掩盖，全世界只有他看你的眼神，不仅满是没有改变过的怜爱，而且随着岁月越来越柔软。

面对着这样一个男人，需要什么理由去说服自己想开吗？想给他一些抚慰，来报答其实你永远也报答不了的爱，难道不是一种本能吗？

我写下这篇文章的时候，是老马 60 岁的生日。

我不知道他会不会因为退休了而有些失落，但我却从心底里为他感到高兴，他终于离开了那个不适合他的职业生涯，他终于可以有时间去做些自己真正喜欢、展现自己才华的事情了。

我觉得他是个了不起的父亲，不只是因为我脑海里回忆起的那些片段，而是即便到了快退休的年龄，他依然可以拿起单反学摄影，而且照片拍得越来越有模有样，他在网上学习新鲜东西，获取信息有时候比我都快。

老或者不老，真的要看心态，在老马的身上我从未感觉到有衰老的气息存在。

在写作这本书的期间，我处于生命中的又一次低潮期，差不多整整一年的时间里，我被写稿的痛苦折磨，不想出门，不愿见人。老马从没说过什么，只是每餐的饭桌上，满满都是丰富可口的饭菜，当我想跟人说说话的时候，他随时都在。

从新书预售那天开始，他的微博、朋友圈里，全是这本书的消息，宣传得比我还积极。

静媛姐说："你的书还少个序。"

我说："我不知道该写什么。"

静媛姐给了我三个字：写你爸。

醍醐灌顶！

从小到大，我都不是一个会让大人省心的孩子，经常干出一些让人议论纷纷的事儿来，总显得和周围人不太一样。

但老马接受我，包容我，无条件地支持我。

他用他爱我的方式，教会我该如何去爱这个世界。

我曾经有过很多偶像，我也曾离开这个男人去追逐偶像的身影，可是到头来，发现唯一真正可以让我从心底里崇拜的，其实只有一直陪着我长大的父亲。

这本书献给老马，和世界上所有像老马一样的爹妈。

目 录

001 · 人生就是一场意外

人生
就是一场
意外

你听过他们的名字，却未必知道他们的故事。

你觉得他们的成就一定是天赋使然，却不会相信他们其实只是一群努力的笨蛋。

一切是意外，又毫不意外。

一只落选牙医画的蓝精灵

> 不要再感叹命运的捉弄了，
> 这里压根儿没有命运什么事儿。

曾经有这样一个少年，没生在大富之家，还赶上父亲早逝，跟母亲一起艰辛度日。刚够上打工年纪，就出来混社会，他第一份工作是在电影院里当放映员。

对于电影发烧友来说，这份工作听起来很美，每天都能看片，几百部盯下来，一开口唾沫星子都带着胶片的味道，可对于只把放映当作一份工作的少年而言，就没那么振奋了。试想你是个放电影的，又不是买票进来当大爷看电影的，放什么片子你说了算吗？好片子多看几遍也就罢了，要是碰上一个烂片，老板甩你一句："先放个30遍！"你敢说"雅蠛蝶"吗？

于是，这个少年除了能享受一下自己爱看的中世纪题材和科幻题材电影之外，其他时间只能郁闷地躲在放映室里抽烟。

放映室里抽烟？要说这小子也是个不靠谱的家伙，整个电影院都不让吸烟的，好不好！于是，为了抽烟，又为了不让经理发现，少年练就了一绝活。当走廊里响起隐隐的脚步声时，不仅鼻子能当空气净化器猛吸，点着的烟还能被他直接吞进嘴里藏起来……幸亏经理瞥一眼就走，真要是留下来检查工作，双方肯定都会七窍生烟。幸好少年那时候只抽卷烟，还没抽烟斗，不然就得时不时地抠嗓子眼儿了……

那时，少年觉得自己是个特别机智的少年。

那时，少年觉得日子漫长又无聊，未来遥远得像个不靠谱的传说。

后来，少年长成了青年，决定不再忍受这薪水低又憋屈的工作，下定决心要跳槽。

青年开始翻报纸找招聘广告，最终两份看似合适的活儿进入了青年的视野，一份是牙医助理，另一份是去动画工作室做插画师。

青年曾经也喜欢随手涂鸦，但却毫不犹豫地选择了牙医助理的工作……

为什么？这还用问，当然是给牙医干活工资高啊！

一个不靠谱的人，最大的优点就是，会稳定地保持不靠谱。

在面试的时候，青年居然迟到了！还迟到了很久！

青年直接被牙医轰了出来。青年也不好意思感叹命运的捉弄，他自己也清楚这里压根儿没有命运什么事儿，只是睡过头了。

因此，画室里多了名一脸倒霉相的新晋插画师助理。

值得安慰的是，当时在青年身边工作的，都是欧洲非常顶尖的动画大师，名字我就不举例了（反正说了你们也不认识）。这样的环境对于事业上升期的青年来说，无疑是非常幸运的，对青年来说更幸运的是，这家动画工作室不久之后就倒闭了……

青年想，至少这意味着不用下半辈子都给大师们打下手了。

那么，他只剩下一条路了，自己提笔画些什么好了。

只是，他不知道自己可以提笔画些什么。

如果你穿越回去告诉青年，我们这个时代有个叫尾田荣一郎的日本人，靠着一部叫《海贼王》的漫画横扫亚洲，连欧美都有不少狂热粉丝，不然你也画画海盗吧——不用谢我，我叫红领巾。

只是，青年已经画了不少海盗题材的漫画了，没人看，没人当回事儿，没人看还干什么呀…… 最终，青年只能摔笔怒吼：爱谁谁！老子不伺候了，就画自己想画的，你们不看，我自己玩儿！

青年开始回忆起少年时期在电影院里看过的老电影，那些他喜爱的中世纪故事。于是，他提笔开始描绘一个叫 Johan 的青年，是国王的仆从，带着自己的小伙伴完成各种稀奇古怪的任务，他画的是一个打怪攒经验升级的故事。

结果，这部漫画大受欢迎。

他出名了。

回看青年人生前半段，可以起个名字叫《我的生活就是个笑话》。

青年继续写着勇者斗恶龙般的中世纪英雄故事，直到这部漫画的第九本里，出现了一群帮助男一号造魔法笛子的小矮人，它们大约三个苹果那么高，蓝色的皮肤，白色的弗里吉亚无边扁帽，有一个风靡全球半个多世纪的名字——Smurf蓝精灵。

这个名叫皮埃尔·库利的比利时青年，笔名贝约。

蓝精灵之父。

每一个作者在创作角色时，多少都会融入自己的性格和影子。在蓝精灵村里，谁是贝约自己的化身呢？青年给出的答案是：全部！

青年把自己笨拙的那部分给了笨笨，忍不住抱怨的那部分放在了厌厌身上，睿智成熟的那部分赋予了蓝爸爸。在所有这些角色中，青年最喜欢的角色竟然是喜欢恶作剧的乐乐——贝约先生说，这个角色最像他自己。

在乐乐的身上，你依稀可以找到曾经那个躲在放映室里偷偷抽烟的少年，这是贝约自己身上最最童真的一部分，在长大成人，经历挫折、失望和迷茫后，依然没有消失。或许如果没有这开朗乐天的性格，就不会有这群可爱的蓝精灵们。而在这一路辛苦走来的人生路上，每一段的经历都沉淀在作品里的人物之中，我猜测，格格巫的原型可能就是监视过少年贝约的剧院经理？他紧盯着蓝精灵们没心没肺的幸福生活，冷不丁来那么一下子，给生活添点儿小麻烦，这不正是我们每个人的人生里都会遇到的吗？

人生，就是一场意外接着另一场意外，这些意外或悲或喜，或者改变了你的生活轨迹，在当时让你不知所措甚至备受煎熬。但不经历那许多挫折与快乐，不做一些在当时自己都不知道未来会有什么用处的事情，故事的美好结局，可能就永远也不会在前面与你相遇了。

番外/

这群傻了吧唧的蓝宝宝

1981 年动画版《蓝精灵》以一种非常奇葩的形式登陆北美的电视动画荧屏。当年美国正逢里根总统执政，在他的任上对动画片有比较严格的一条规定：如果是先有玩偶形象，再变成动画片，不让播！

哪怕你《蓝精灵》在欧罗巴拥有全民吉祥物的地位，代言过法国雷诺汽车，英国 BP 石油公司这样的大机构——美国政府认为，那都是为了卖玩具才做了动画，太商业！不准播！

呵呵。

这条莫名其妙的规定，坑的可不只是欧洲血统的《蓝精灵》，就连《变形金刚》这样的北美本地动画也一起躺着中枪了。

而《蓝精灵》最终冲破枷锁，成为第一个开了先河的例外，凭借的居然是——卖萌。

据说是 NBC（美国全国广播公司）总裁弗雷德·西尔威曼的女儿因为想看蓝精灵的动画，但是没地方播，不爽得满地打滚。宠爱女儿的总裁先生被逼得快抓狂了，于是一咬牙，硬着头皮开播了。

结果，这群傻了吧唧的蓝宝宝，只要在周六的早间档出现，永远是收视的 No.1。更厉害的是它还在 1982 年和 1983 年得过两届日间艾美奖，而动画的周边产品更是只能用三个字来形容：卖疯了！

那个年代的美国小孩儿，蓝精灵的玩偶基本达到了人手一个的地步。此后在 1986 年，《蓝精灵》引进中国的时候，也成了一代人童年的美好记忆。可见，打仗是擒贼先擒王，做思想工作，就得搞定岳父和丈母娘啊！

东西要是真火，不光要有脑残粉说好，还得有人专门盯着“黑”你才行。这条准则在今天互联网时代可以说是颠扑不破的铁律。《蓝精灵》早在半个多世纪前就已经做到了拥有自己的 anti（反对）粉，并且还被黑得各种高大上。

小蓝人们曾一度在欧洲和美国受到文化审查，被认为是拥有很多隐喻与暗示的作品。有人总结说它有歧视女性和歧视犹太人的嫌疑，因为在蓝精灵的村子里只有一个女性的形象，就是蓝妹妹。

女权主义者们举着牌子抗议：101 个蓝精灵居然只有一个女性（水浒传 108 将里面至少还有三个女的呢），什么意思！歧视女性是吧！

旁边犹太人又不干了，大反派格格巫凭什么是鹰钩鼻子啊！是个很典型的犹太人的形象嘛！这分明是歧视犹太人！

更厉害的是1991年之前，地球上的人类世界还处于一个叫冷战的阶段，社会主义阵营和资本主义阵营互相谩骂，擦枪磨菜刀随时准备要消灭对方。一切流行文化必须严格审查，以防对立阵营的无耻渗透。

《蓝精灵》正好在这个时候火了起来，有专家学者就开始分析，说《蓝精灵》是一部社会主义的洗脑片，通过蚕食孩子心灵的方式，推广社会主义的理念，理由是，蓝精灵村子里面一共有101个蓝精灵，而在村子里是没有阶级之分的，所有人互相称呼对方XX Smurf（也就是使用蓝精灵这个词作为后缀，比如蓝爸爸就叫Papa Smurf，笨笨叫Clumsy Smurf），专家们说smurf这个词就代指了社会主义国家里“同志”的意思；另外蓝精灵村里没有货币，也没有什么贵族、平民之分，消除了阶级，大家各司其职，感觉就像是一个社会主义的集体农庄，而共产主义的最终目的不就是消灭阶级实现共同富裕吗？格格巫象征邪恶的资本主义社会，他施展的魔法就好像大规模的机器生产一样神奇……

更离谱的是还有人分析smurf这个词的拼法，据说拆开是Soviet Men Under the Red Father，意为在“红色领袖领导之下的苏联人民”，因为蓝精灵全是白帽白裤的，只有蓝爸爸一个是红帽红裤的，他是红色领袖、伟大导师。

呵呵。

一家将军打理的甜品店

想干的事和擅长干的事，
在我们的生活里，常常不是一回事。

香港有家卖巧克力和蛋糕的店，第一眼吸引我的是这家店的名字“龙岛”——被我看成了“龙鸟”……心想，莫非是龙猫的姊妹品牌，卖玩具手伴或出售新型宠物，走进一看，是家甜品店嘛。抬头再仔细一看，英文名更把我吓了一跳，居然叫 Lucullus —— 卢库鲁斯！

卢库鲁斯是古罗马一位将军的名字。

用一个古代将领的名字来命名甜品店？因为实在是太合适了！

单从军事才能来看，卢库鲁斯是一员悍将。

年轻时跟随苏拉，二十出头就有能力独立组建海军，并且在舆论对苏拉不利的情况下，忠心耿耿地鞍前马后，在米特拉达梯战争中起了非常重要的作用，保证了苏拉派的胜利。

此后，就在小亚细亚维持罗马的势力范围，在苏拉去世之后，他领兵平定第二次米特拉达梯之乱。卢库鲁斯常以非常少的兵力对抗十倍于自己的敌军，并取得胜利，最牛的是一仗消灭了本都王十万人，自己这边只死了不到十个士兵，这种战绩随便放到哪个时代，都是不可思议的彪炳军功。卢库鲁斯还趁着兴头一路追杀到里海之滨，在此之前，欧亚两个大陆之间的对决中，欧洲将领唯一打到过这么远的只有一个人——亚历山大大帝，所以卢库鲁斯是自亚历山大之后深入亚洲的第二个人，堪称常胜将军。

可惜天才们总是扎堆出现，攀比着亮瞎你的眼，此后就会经历很长一段平庸的时期。

卢库鲁斯生在罗马将星云集、天才辈出的年代，在太阳般耀眼的传奇面前，星光总是无可奈何、黯淡一旁，所以人们知道马略、苏拉、庞培、恺撒，却很少有人知道他，与这些人相比，卢库鲁斯悲哀地躺在了历史深处，不用力刨，连看都看不到。

在军事上卢库鲁斯完全不是前头那些人的对手，但有趣的是，历史用另一种跑偏了的方式给了他一个让后世铭记的荣誉——罗马食神！比打仗，强人多得排不上号；比吃饭，还真是无人能出卢库鲁斯其右。

对卢库鲁斯来说，吃东西绝不是填饱肚子那么简单，那是艺术。首先，为了吃得健康又新鲜，鸡鸭鱼肉都在自己农场里饲养，水果蔬菜也是仆人种植的，要吃的时候现摘，绝对绿色纯天然。其次，他的豪宅里有不同的就餐区域，各自按照档次取名，不同级别的招待一定严格区分，餐厅布置得富丽堂皇不说，就餐的时候怎么摆盘，听什么音乐（都是现场演奏的），谈论什么样的话题，都要搭配得尽善尽美。

公元前的罗马，生产力水平非常低下，全世界人民还经常为能吃上一口窝窝头大打出手的时候，卢库鲁斯却已经在吃的品位上把千年之后的我们这些现代人给打败了。

有一次，卢库鲁斯自己一个人在家吃饭，佣人看今天主人没有请朋友，就简单弄了点儿，粗茶淡饭端上来后，被卢库鲁斯劈头盖脸一顿骂。吃饭的事情在卢库鲁斯的字典里没有“将就”这个注解，他训斥佣人：“谁说我一个人吃饭就能简单随便?!今天是卢库鲁斯到卢库鲁斯家来赴宴！把美食弄好，重新开饭！”

还有一次，西塞罗和庞培两人无聊，吹牛的时候说到这位以好吃闻名的罗马大将，他们就想见识一下卢库鲁斯就餐到底是个什么排场。于是，两个人去街上堵卢库鲁斯，还假装偶遇，说要去他家吃饭。

卢库鲁斯没办法，说今天啥都没准备，不如改天约个时间好提前安排一下。那两个人不干，就今天！就今天！卢库鲁斯对这两位不速之客也没办法，交代仆人，晚上在阿波罗厅用餐，仆人飞跑着回去准备晚饭了。西塞罗和庞培都是罗马的名门望族，见多识广，豪宴排场也经历多了，可那天晚上在卢库鲁斯家吃了一顿晚饭，灵魂简直被洗礼了，被震惊傻了——阿波罗厅是卢库鲁斯家餐厅里最高档的，吃一顿饭等于那时候农民十年的收入。

西方电影里经常会有浪漫的求婚场面，男主角在明亮整洁的高级餐厅一个响指，来仨拉小提琴的乐手，还捧出玫瑰花，男主角灿烂地一笑，露出跟餐盘一样洁白的门牙，掀开银罩，里头是一枚八心八箭的大钻戒。女主角要是不想答应这么浮夸的求婚，只要懂点历史就可以嘲笑男主角："呵呵，都是人家卢库鲁斯老师玩剩下的好吗？一点儿创意都没有，让人家怎么答应你嘛！"

咱中国人虽然是以热爱美食驰名世界的，提到最铺张浪费的宴席就会说"满汉全席"，卢库鲁斯就是西方餐饮逼格的奠基人，至今"卢库鲁斯式宴席"在英语里还指代豪华奢侈的餐饮方式。

你要是请人吃饭，dinner 这个词足够；如果正式宴请，banquet 能让四、六级阅卷老师点头打勾；要是再在 banquet 前头加上个 lucullus……

想想《了不起的盖茨比》里头的聚会是什么派头吧。

慎用啊！

万万没想到

过着这么骄奢淫逸的生活，卢库鲁斯一定快乐似神仙吧？

还真不是。

人人都觊觎着自己没有的东西，卢库鲁斯也不例外。

如果给他一个机会，让他自己选择如何在历史上留下身影，相信他一定会愿意像恺撒那样做一个军事、政治上的伟人，而不是留下个特别懂得享受食物的美食家名声。

从军队退役后，他也曾经努力地在政治上寻求发展，试图在元老院风云变幻的斗争里成为执牛耳者。可惜，他没有这方面的才华，玩不了这场权力的游戏，只能靠着在东方征战时积累下的财富，安度晚年，享受奢华的富豪生活，用变着花样的美食抚慰难酬的壮志。

一个在自己追求的领域落败的失意者，无论在别人眼中是多么富足，背影终归是落寞的，卢库鲁斯的一生总会让我想到一个中国人。

诗仙李白。

李白一生，诗文绝尘，在中国乃至世界文学史上，他都是神一般的天纵奇才。从第一次读到李老师的文字，我就不可自拔地成了他的脑残粉，读书的时候还被同学耻笑。每次我都理直气壮地回击，我算个屁，“诗圣”杜甫才是我们“白粉团”的团长。

人们耳熟能详的、“恶毒”夸奖李白老师的诗句，什么“天子呼来不上船，自称臣是酒中仙”、“痛饮狂歌空度日，飞扬跋扈为谁雄”、“世人皆欲杀，吾意独怜才”，都是杜团长亲笔。各种《赠李白》、《梦李白》，满纸都是源自盛唐的“基情”。

杜甫够厉害了吧，都这么狂热地爱李白的文才，我要是一唐朝姑娘，肯定追着李老师到处跑，愿意跟他发生一切可能发生的关系。只要他不嫌我胖……

可惜，李白老师一生最大的梦想不是当个名扬千古的诗人，而是做个定国安邦的宰相。文章诗词虽是他成名的敲门砖，但在他眼里不过雕虫小技。

偏偏李老师在政治上又幼稚得要死，朝廷给他一点儿颜色他就屁颠屁颠地以为君王需要他为国家出谋划策。其实当年在唐玄宗李隆基眼中，他不过是个文笔很好的娱乐人才罢了，跟说相声的差不多。他的狂放浪荡，落笔能惊天地、泣鬼神，做官却到处结仇，树敌还不自知，把诗人的孟浪带进庙堂，格格不入得像个智障。

所以他总是一副愤怒青年的不爽模样，觉得身边全是小人，当不成宰相是因为大家都嫉妒他。最后头脑发热参加了永王李璘的军队，差点儿丢了脑袋。连基本的政治风向都把握不好，还一心想着靠做贤相来青史留名，哪怕身为他的脑残粉，我也只能心痛地同意：李老师，您糊涂啊！

卢库鲁斯和李白都很失败地没能在自己向往的领域有所建树，但他们的味觉和文学才华还是让后世的我们记住了，也算是一出悲喜剧。

认清自己，往往比看懂别人要难得多。想干的事和擅长干的事，在我们自己的生活里也常常不是一回事。能力虽不及，努力一下够得着的，才叫梦想，否则，纯属妄想。梦想会令人振奋，可妄想却会让你痛苦一辈子。

我想，如果让李白和卢库鲁斯穿越八百多年的时间，坐在一起交换名片、聊聊天，各自说起自己的故事时，一定会发出一声相同的感叹：万万没想到啊！

一间父子赌气后开的咖啡馆

> 优秀的企业知道该如何去做好产品，
> 只有极少数伟大的企业知道自己的产品是为何而做。

我超爱喝咖啡。

作为一个起床困难症患者，从被窝里爬出来跟重新投胎一样艰难。每天起来直立行走的第一件事就是四处找咖啡提神。何况，约人谈个事儿，说在星巴克碰头总比说在来福茶楼见面听起来要顺耳多了。

因此我频繁光临星巴克，起初我很喜欢他们家的饮料设计。白色简洁的杯身，配上一个环保纸托，将搅拌棒与饮用口封销合二为一的设计，与我热爱的苹果产品有异曲同工之妙，同样透射出一股简约而不简单的美感，伟大的企业在精神层面多有共通之处。

当然收银员热情亲切的服务、高品质的饮料以及在正式与非正式之间创造出的“第三空间”才是星巴克风靡的秘诀，如果要采用逼格更高一点儿的说法，艺术大师安迪·沃霍尔曾经这样描述过可口可乐为什么是民主的象征，他说，无论你是乞丐还是总统，在街角的杂货铺还是高档的百货商店里，买到的可口可乐总是同样的味道，这是商品平等无差别的最好例证。同样的话拿来套在星巴克上好像也同样适用，无论你走进哪一家星巴克，能够享受到的饮料品质是基本没有差别的。

当然，前提是你付过钱了。

关于这个牌子甚至有了一系列的图书，比如《在星巴克买咖啡要买大杯的》，但最动人的还是品牌创始人舒尔茨自己的故事。

舒尔茨生在一个普通的工人家庭，是家里的长子，下面还有一个弟弟和一个妹妹。父亲原来是一名本分老实的卡车司机，因为一次事故不幸失去工作能力，于是家里断了经济来源，只能靠母亲打工赚来的菲薄薪水养活全家人，而父亲也因为残疾的创伤，性情大变，整日借酒浇愁，还经常把母亲辛苦赚来的钱拿去买酒。

12 岁那年的圣诞节前，舒尔茨路过一家便利店，看到一罐包装非常精美的咖啡。他想起父亲总抱怨便宜的咖啡非常难喝，于是想把这罐咖啡偷走送给父亲当圣诞礼物，没想到却被店主发现了，舒尔茨一阵狂奔，方才脱身。他骗父亲说捡来了这罐咖啡，送给父亲当作圣诞礼物，父亲高兴坏了，抚摸着舒尔茨的头对他说：“谢谢你，儿子！”全家人正欢度难得的温情圣诞时，便利店老板找上门来，索要被偷走的昂贵咖啡，舒尔茨吓得夺门而逃，在外面过了一夜，直到母亲在街上找到他，回家后，迎接他的是父亲的一顿老拳。

这个难忘的圣诞节成了舒尔茨人生的转折点，从此他发誓要改变自己的处境，摆脱这样的家庭环境。

于是，他开始四处打工攒钱，努力读书，而他跟父亲之间本来就紧张的关系变得更加恶劣，两人几乎不说话。

此后，舒尔茨以优异的成绩考上大学，并获得了高额奖学金，但父亲却认为高中毕业的他应该先赚钱养家，读大学既浪费时间又浪费钱。于是，父子之间彻底交恶。

大学毕业后，舒尔茨成了一名推销员，由于勤奋和努力，他很快便有了不菲的收入。

三年后，他买了一罐上好的黑咖啡送给父亲做礼物。

不料父亲在电话里对他冷嘲热讽，问他读大学的目的是不是就是为了能喝上好咖啡！（这也太伤自尊了……可见此类父母古今中外都有，不分国籍和人种。）

舒尔茨气得不行，当场骂了回去，他数落了父亲的无能和不负责任，最后非常狠地戳父亲的软肋说："我的人生我自己做主，现在不只是咖啡，我买得起很多东西。而你呢？好好尝尝这罐黑咖啡吧，跟你的人生一样苦涩！"（基本属于要断绝父子关系的节奏了。）

1988 年，舒尔茨接到母亲的电话，说父亲很想念他，希望他能回家看看。舒尔茨觉得母亲只是为了修补爷俩的关系，他不相信父亲会说这样的话，正好工作也忙，就把回家的事儿搁在一边了。

一周后，当舒尔茨回到家的时候，却再没有见到父亲。

母亲给他打电话的第二天，父亲因为脑溢血去世了。

几天后，在整理父亲遗物的时候，舒尔茨发现了一个锈迹斑斑的咖啡桶，正是他 12 岁时偷来给父亲当作礼物的那罐咖啡，盖子上还有一行父亲亲手写下的小字：儿子送的礼物。

在咖啡罐里，还有父亲写下的一封旧信：“亲爱的儿子，我早已是个废人。但我也有个自己的梦想，我梦想有朝一日能拥有一家自己的咖啡店，亲手为你们冲一杯香浓的咖啡……”

这封信是当年他去读大学时，父亲写的，但一直没有交给他。

不久后，舒尔茨辞去了年薪七万美元的工作，盘下一家西雅图小咖啡店，成了老板。

这就是，第一家星巴克。

这个故事乍听起来像碗勾兑过的心灵鸡汤，不知道里面有多少文学加工的成分，但舒尔茨先生出身贫困蓝领工人家庭是真的，故事的基本框架也属实。

如今星巴克在全世界已经有 13000 家分店（麦当劳是 30000 家），拥有员工超过 117000 人，品牌影响力遍布除了南极洲之外的所有大洲，而这一切竟始于一个男孩儿的痛苦，多少还真有点儿“痛苦孕育伟大”的意思。

世界上绝大多数的企业知道自己做的产品是什么，优秀的企业知道该如何去做好产品，只有极少数伟大的企业知道自己的产品是为何而做的，这就是所谓企业的灵魂，激励着自己的员工，也打动着每一个消费者。

“装”是世界范围内无法攻克的绝症

在中国，星巴克一度成了“小资”的代名词，倒也不算冤枉。

Starbuck 这个名字来自于美国经典小说《白鲸》（*Moby Dick*）中的一个同名人物，是捕鲸船皮廓德上的大副，此人处事冷静，魅力非凡，最大的嗜好就是喝咖啡。幸好作者麦尔维尔写了这么一号人物，当初公司创始人差一点儿就用了皮廓德当品牌名，听起来感觉不像咖啡店，倒像是个皮具修理行。

其实所谓经典名著的意思，就是大家都知道，但没啥人看过。摸着良心说，要不是大学里在美国文学课上读过《白鲸》的节选，我也不会知道有这么一号人。Starbuck 这个名字除了海员喜欢用，也被用来命名南太平洋的一个小岛，星巴克岛。

许多捕鲸船在此岛附近触礁沉没，于是在海员之间传说，星巴克岛上住着希腊神话中的女妖塞壬，长着美艳的脸庞和天使的翅膀，下身是两条鱼尾，酷爱吃人，被宙斯关在海岛上，于是用天籁般的歌声引诱过路船上的水手，经不起诱惑的水手于是把船航向小岛，触礁沉没，成了女妖们珍贵的食材。后来为了提醒船只小心触礁，暗礁上装了警报器，让大家别忘了塞壬的传说，这个词于是就渐渐引申为警报器和警笛的意思。

神话里的塞壬女妖原有三只，星巴克的品牌标识上就是其中一只的形象。

从星巴克起的这品牌名和选的商标形象上，就可以清晰地看到它的市场定位：不是普通的大众，而是一群注重享受、休闲、崇尚知识、尊重人本位的富有小资情调的城市白领。

上文说了这么多星巴克的好，但这篇文章毕竟不是给人写软文、打广告啊，作为一个深度品牌使用者，我还是有自己的不满，主要集中在两点。

一、装 × 的杯子型号。

如果你是高端英语使用者，残忍地通过了大学英语四级考试，用 Large、Medium、Small 这样的高级说法应该也难不住你。可人家劈腿美人鱼咖啡店偏偏用的是 Tall，Grande，Venti 这样的神奇词汇，转换成中文也不让说小、中、大，一定要纠正你说成中杯、大杯、超大杯，不说对不给喝咖啡！

这么变态的规定不知道活活弄眩晕了多少倒霉顾客，最后买咖啡的人实在无计可施，只好卷起袖子、抡圆了膀子动手指："这个！就这个大小！看见没！"

这个问题我也专门请教过星巴克的店员，你们图啥啊！得到的回答是，培训的时候说一定要这么讲，我们也不知道为啥，反正是规定就对了。

好吧。

Tall，Grande，Venti，这三个词到底什么意思啊？

其实最早星巴克只有Short和Tall两种尺寸的杯子，后来门店开得多了，想要给消费者们增加一个选择，恰巧舒尔茨先生去意大利考察，发现在意大利咖啡居然可以在类似酒吧、餐厅一样的地方卖！于是他就把这种方式带回了美国，所以星巴克的店铺风格其实是舶来品，好吧，就是山寨来的！（如果你觉得这么说更接地气的话。）而Grande在意大利语里是“大”的意思，用来代表大杯；Venti是20的意思，代表超大杯，原来的Tall这个词依旧保留使用，意思是中杯，而Short作为小杯，已经基本没什么人点了。

作为一个消费者，才不管你多少历史渊源呢！给我添麻烦就该被声讨！但这事儿不只是让我不爽，一个美国人在博客里也义愤填膺地谴责了这种制造麻烦的叫法。那位老兄深情谴责道：点咖啡能不能安分点，说英语也就算了，还非要夹杂意大利语，这不装×嘛！

最亮的是这位老兄的文章标题，翻译过来就是《装！是世界范围内无法攻克的绝症!!!》

二、店员完全不需要你作答的问候。

我不知道你有没有这种体验，在你埋单和拿饮料的时候，星巴克服务员会冷不丁给你来一句：“今天出来逛街吗？”“是在附近上班吗？”本人屡次天真地苦思冥想，哥们儿我是不是出来逛街的呢？哦，不是，我就是找个地方看看书，上个网啥的；我是不是在附近上班啊？哦，不对，我不坐班已经很多年了。等我想明白了要怎样回答店员亲切的提问时，发现店员们已经很热情地把这些问题浇在了后面一位顾客的脸上。

人家问你压根儿就没打算等你回答好不好！

几次这般之后，我很不满地抗议：你们要问问题能不能有点儿诚意啊！不等别人回答，干脆别问了好不好！

店员也一脸无奈：这是培训时候教的，必须跟顾客搭话聊天，还会有总部派出神秘顾客做暗访，发现没有做到是要被扣钱的。

但在美国圣迭戈的一个早晨，我醒来后去星巴克买咖啡和早餐，倒是跟服务生痛快地聊了很久。正好后面没人排队，哥们儿也异常能侃，我几乎是在跟他愉快的交谈里吃完了早餐、喝干了咖啡，他还很热情地又给我续了一杯，还没收钱。

难道中国跟美国的服务不一样？不会啊！既然是大公司的服务流程，应该是有统一标准的，不会厚此薄彼。原因只有一个，中国的星巴克实在人太多了！

即便是在北上广这样的大城市，星巴克遍地开花已经到了门店赶超吉祥馄饨，灭掉沙县小吃的地步，可每家店的人依然异常多！而在美国，就算是纽约的曼哈顿时代广场旁边的星巴克门店，也没多少人在排队，人家有闲，当然能敞开跟你聊。在咱国家要是这么干，后头排大队的顾客早就问候你全家人了。

一支不会演奏的空气乐队

> 既然都不喜欢当乐手，那为什么还要组乐队呢？
> “想要受欢迎啊！”

如果有人告诉你，一个厨师不会做饭但开的餐厅非常受欢迎，一名魔术师不会变魔术可是很多人喜欢，一支乐队压根不会演奏乐器却被人疯狂地追捧，你会相信吗？

好吧，这个世界上真的存在这样一支异常奇葩的乐队，乐队里的主音吉他手不会弹吉他，贝斯手不会弹贝斯，鼓手也完全不会打鼓，身为队长的主唱每天在家里看 AV 当背景音乐来创作歌曲，这支乐队一共只有四个人，每个人都不看好自己的乐队，都在想着怎么转行。

这支集屌丝、废柴、不靠谱和猥琐男气质于一身的乐队名叫金爆（Golden Bomber），是一支日本视觉系空气乐队。

视觉系这个词来自英文的 visual，就是乐队不只用声音来取悦听众，也在打扮上下功夫，把自己的装扮也作为表演的一部分配合音乐来呈现，乐队成员的造型往往华丽而怪异，弄得好便会呈现一种另类的美感和酷劲儿，弄得不好，就成了让人撇嘴的城乡结合部洗剪吹杀马特。

空气乐队就更是现代流行文化中的一个诡异分支，表演的时候他们连乐器都不拿，跟着放出的音乐节奏摇头晃脑，假装自己手里有东西，异常陶醉地做出演奏的动作——这种玩法是20世纪70年代开始流行起来的，年轻人最开始手里拿着网球拍模仿吉他（有人对着扫帚柄讲话假装自己是拿着麦克风一样）。许多国家每年会举行空气吉他大赛，还有专门的评委进行打分，煞有介事的样子。

这么另类的两种小众文化相结合组成的乐队，想想就知道不是一般人能够驾驭的了，乐队的四名成员各自的表现让人无法不喷饭。

主音吉他名叫喜矢武豊，几乎可以说完全不会弹吉他，问他为什么不学，回答说讨厌练习。到了正式演出的时候，他就开始在台上耍宝，表演吃刨冰、翻跟头，甚至还用硬板纸做成各种道具，什么大型萨克斯风，会发光的大象，甚至为此还特地考了电焊工执照，在舞台上焊接钢板当作独奏表演……（大哥你有这工夫做手工玩电焊，认真练习吉他的话早就练出来了好不好！）

别人问他，乐队表演都有固定的吉他solo（独奏）时间，你怎么办？

这家伙理直气壮回答："吃刨冰、做手工、玩电焊就是吉他solo啊！我都没有吉他了，你管我怎么solo呢！"

贝斯手歌广场淳，压根就憎恨贝斯，把琴弦拆了用棉线代替，而且不是正常贝斯的四根弦，是很随便的两根或者三根——要么就拆光，主要看心情。因为性格特别害羞，他不敢跟女孩子说话，整天泡在女仆主题的咖啡馆里，听可爱的女营业员管自己叫“主人”就无比满足。

他在团队里实际担任的工作其实是编舞，但淳老师很害羞地表示，如果他又会乐器又懂形体，太不谦虚了，还是专心做一个不会弹贝斯的贝斯手比较靠谱。

鼓手樽美酒研二从名字上听就知道是个“二货”，永远画着一个日式能剧的夸张脸谱造型（据说本人长得倒是乐队里最清秀的），就像你知道的那样，他也压根不会打鼓，基本都是站在架子鼓后头跳舞，为此还特地拆掉了整套架子鼓中那个放在脚边的小鼓。而装模作样要表演打鼓的时候，他担心真的会打出声音来，把鼓槌换成搬家公司放在打包箱里用来固定减震的泡沫塑料棍，甩起来时而像条软鞭，时而如一把圆月弯刀……

这家伙真正的工作其实是用 iPod 放乐队歌曲的音乐部分，配合主唱的表演。按下播放键——这种高难度又艰巨的工作，让他不堪重负，经常在公演的时候出错。

乐队主唱兼队长名叫鬼龙院翔，是乐队的灵魂人物，所有的歌，从词到曲都由他一手包办，他是乐队里唯一真正会乐器的人，至少吉他弹得不错，那为什么不做吉他手兼主唱呢？他说自己太好动，唱歌的时候各种多动症，上蹿下跳根本停不下来，要是拿着吉他百分百会丢出去的，还是找个不会弹吉他的吉他手比较放心。

他专心创作写歌的时候，家里一定会放成人色情影片当背景音乐，难怪写出来的歌词都是类似“我喜欢你，你却不喜欢我，我心好痛啊！”这种充满人文关怀的悲悯文字……

这家伙还是个死抠门，外出住酒店一定要把毛巾、牙膏、沐浴乳、剃须膏什么的全部带走，贴补家用。

这么四个人，在接受采访的时候公开表示，都不相信这支乐队会长久下去，因为每个人都想要转行：吉他手喜矢武豊跑去拍电影，等红了之后就改行当演员；贝斯手歌広场淳学按摩，顺便治愈自己不敢跟女孩子搭讪的害羞；鼓手樽美酒研二专心写自己的博客，还出了自己的网络文集。只有鬼龙院翔还没想到自己不做乐队后要干什么，觉得很苦恼。

拜托！你们这帮家伙既然都不喜欢当乐手，那为什么还要组乐队呢？

四人异口同声地回答：想要受欢迎啊！

比起那些在舞台上声泪俱下说着自己怎么怎么惨，但依然痴心不悔坚持自己音乐梦想的虚伪家伙，这帮小子实在是真诚得让人无法不喜欢啊！

会飞的猪怎么会是偶然

越深入了解这支乐队，我越觉得这一切都是包装出来的。

也许他们中有些人的确不会乐器，也有上述的怪癖，但这样一支反传统的乐队能够被唱片公司签约并且推广，还得到追捧，背后一定有高手在操盘。

他们的出现和走红绝不是偶然，而是迎合了一种群体社会心态。

现在的日本青年活得挺苦的，自己爷爷辈的人从二战后的一片废墟里重建了现在的日本，他们努力工作，顽强打拼，缔造了日本的经济腾飞和国际地位，可到了退休的年龄，该走下历史舞台的时候，他们却不干了！

苦过来的人本来身体就硬朗，加之日本是个高寿的国家，60 岁依然年富力强，却被要求在家闲着享清福，那怎么受得了！我还能为革命继续发挥好久的余热呢！

于是这帮爷爷们喊着“65 岁是青春的开始”这样的口号，拿着退休工资跑回到社会，跟年轻人抢工作岗位。

日本作家近藤大介说起过他父亲找工作的事，那是非常有代表性的。近藤先生的父亲已经年逾七旬，却跑去应聘银行的普通职员，一起竞争职位的是两个刚走出大学校园的年轻人。

面试的时候，老先生口若悬河地讲着自己过往丰富的人生经历和骄人的业绩，那俩小子摸摸鼻子，只挤得出一句：“得到这份工作的话，我会努力的。”

“给我最低工资都没关系，我只要工作，请给我这份工作！”老先生对比自己小了 30 多岁的面试官放出了这样的大招。

本来相比老先生的气势就已经不战自溃的俩青年，在老先生最后近乎撒手锏的一招下，彻底败北。

出来工作居然不在乎工资！哪个老板不喜欢啊！但像近藤先生父亲这样的老一辈的确不是为了钱而工作，他们每个月都已经有 25 万日元（相当于人民币 15000 元）的退休金做保障了，谁还在乎那点儿工资啊？他们只是不想被社会遗忘，这样的老年人在日本不是少数。

而对刚踏上社会的年轻人而言，大部分人都得从最基本的开始做起，以积累经验，一步步往上走，结果低级职位的竞争却完败给了凶猛的“肉食系”老爷爷们，年轻人只能灰头土脸在家待业，催生了所谓的 NEET 一族。

NEET 是缩写，全称是：Not currently engaged in education,employment

or training，意为：没在读书，没有工作，也没有接受职业培训的“三无”人群。

在日本，现在大多数这样的NEET族都是年轻人，被爷爷们在社会竞争中PK下来回家当宅男，而爷爷们在外头工作赚钱养活孙子辈，简直是恶性循环啊！

而在这样的社会现实中，“金爆”乐队出现了，他们把年轻人的苦闷和对现实的无奈，用极致的方式演绎了出来，NEET一族的loser（失败者）们看着“金爆”，就好像在看着自己，没有特长，没有方向，只空有一颗想受欢迎的心，这样的我，能够在社会上有自己的一席之地吗？

“金爆”替他们呐喊，为他们寻找答案。从这群屌丝居然能在武道馆开大型演唱会来看，你就知道他们背后的团队把握年轻人的心态有多准确，切住社会风潮命门的手段有多巧妙。

每一次集体的狂欢，都是一次宣泄不满的手段。

比如《中国好声音》，透射出的是大众寻求公平的心态，四个评委背身盲选，参赛者是否能晋级与身材、长相、背景、财富通通无关，只用声音来做唯一的衡量标准。专业评委也会出错，也会犹豫，甚至多人转身，还要面临选手的反挑选，这一刻选手与评委平等相对，势均力敌，这是所有人在呼唤的公平。

再比如《爸爸去哪儿》，一档亲子类节目竟然成为社会流行文化的新弄潮儿，这在以往的电视节目类型里是不曾出现过的。节目本身除了孩子要宝玩闹之外，探讨的是两代人共同面临问题时的应对方法，暗合了现代中国的现状，急速更迭的知识结构和传统家庭中父母与孩子之间的必然冲突。

每一次流行文化的兴盛，背后都是对一个渴望得到解决的社会问题的诉求。

雷军说：只要站在风口，就连猪都能飞起来。

但那只猪居然就在风起时恰巧那么好运地站到了风口？

怎么可能是偶然！

一架没想明白的飞机

> 当这个世界成为一种战局时，想赢得真正的战斗，
> 不是靠输赢经验值，而是内心充盈的使命感。

1877年，一场大雪后的晴天，一群孩子在银色的山岗上玩耍，他们带着自家的爬犁，争先恐后地往坡下滑，欢笑声在山谷间回荡。

一对兄弟落寞地站在一旁，他们家里很穷，买不起爬犁，只能看着其他小朋友们尽情欢乐，眼里满是羡慕。

弟弟在哥哥耳边说了些什么，哥哥兴奋地点头，兄弟俩转身离开那一群一身雪粉的小伙伴们，飞奔回家。

他们决定自己动手做一架爬犁。

最终在妈妈的支持下，他们学习设计，用工匠爷爷的工具造出了人生中第一件作品。虽然样子怪怪的，但他们自信满满地带着新式武器来到山岗上，小朋友们都围了过来，好奇地看着这个与众不同的“怪物”，议论纷纷。他们从没见过这么低矮的爬犁，纷纷表达了自己的不屑和嘲笑，但最终比赛的结果，他们却一次都没有赢过兄弟俩。因

为在造爬犁的时候，妈妈告诉兄弟俩要根据自己的身材考虑减小阻力。

这对兄弟，名叫莱特，他们第一次体验到了创造的甘甜，从此走上了一条属于发明者的人生道路。

26 年之后，他们发明了人类历史上第一架自重大于空气的载人航天器，开启了人类自由翱翔蓝天的崭新纪元。

以上就是一对天才如何少年早慧，最终造福了人类的故事——很多历史课本和相关书籍里都能找到。如果你相信这个故事，那么恭喜你，上当了。莱特兄弟发明飞机的真实过程，要曲折且黑暗得多。

在莱特兄弟俩生活的年代，研制飞机是全世界的热潮，颇似我们今天的互联网创业，在欧洲、美国，无数有钱人、聪明人投身其中。当时，美国国防部拨了巨额资金开发飞行器，史密森航空协会有大量的相关人员进行研发，媒体对项目哪怕一丁点儿的进展也趋之若鹜。

一个大项目要成功，一般需要三样东西：充足的资金、专业的人才和市场的需求。

但这三样东西，莱特兄弟一样都没有，拥有这一切的是一个叫兰利的人，史密森航空协会主席，当时被公认为最有希望研发出飞机，名垂青史的宠儿。

在兰利面前，莱特兄弟就是俩土包子、乡巴佬，他们没有上过大学，经营着一家自行车店，是这个世界的无名小卒。在这场实力悬殊的比赛中，莱特兄弟就好像赤脚走进了赛马场，要和装备顶尖的职业骑手一较高下。

这是一场近乎绝望的比拼，和成功有关的有利因素跟他们一点儿不沾边，他们只有一样东西，名叫信念。兰利想要凭借研究来获得金钱和名声，而莱特兄弟只是深信他们的发明，可能会改变人类的历史。

1903 年，对决正式开始。

9 月，兰利设计的汽油驱动原型机先出手，却在试飞中坠入了大海，舆论为之惋惜。在大众惋惜的时候，莱特兄弟去调查了现场，获得了很多有用的经验。同年 12 月，莱特兄弟带着自己的“雏鹰号”在美国吉蒂霍克海滩试飞。

在阴沉的天空下，刺骨的寒风里——不知道这样的天气会不会让他们想起二十多年前第一次带着自己的发明跟小伙伴们比赛的那天。引擎轰鸣了起来，螺旋桨飞速转动，“雏鹰号”开始在跑道上滑行。机身颤抖不停，速度不断提升，突然，机头抬了起来，飞机离开了地面，直向云天。

12 秒后，“雏鹰号”安全着陆，他们成功了。

没有资金、没有技术、没有外援，那么多不眠不休的夜晚，多少次近乎绝望的失败后，他们终于一飞冲天。

兄弟俩紧紧地拥抱在了一起。

成功却并没有到来。

没有鲜花、没有掌声、没有喝彩，媒体根本不相信，就凭这俩修自行车的穷小子的一己之力，能实现专业精英都没能完成的人类航空梦。舆论开始对兄弟俩冷嘲热讽，说他们不过是为了博眼球哗众取宠，记者开始围在他们的试飞场外，等着抓到他们作假的证据，史密森航空协会更是对于兄弟俩的成果不予理睬。

在嘲讽和质疑声中，兄弟俩选择了沉默。

在这个时候，兰利想明白了一件事儿，那就是不能带来名利的成功就等同于失败，何况他也不相信仅凭信念可以改变历史，所以，兰利默默选择了退出，不久后郁郁而终。

莱特兄弟继续做着改良的工作，围观的人群渐渐散去。

当他们再次进入公众视线，是在法国。

他们驾驶着自己的飞机在空中盘旋了上百圈，停留了1个多小时，此前从没有任何人做到过。兄弟俩的飞机远远超越美国国防部制定的苛刻标准，受到欧洲名流甚至皇室的狂热追捧。

此时是1908年,距离他们第一次试飞成功,已经过去了5年的时光。

生活不是电影，一句旁白、一段字幕就带过了所有欢笑苦恼。

1800多个日日夜夜，举着灿烂的礼物，忍受世人的冷眼，莱特兄弟不想功成名就被世界接纳理解吗？让他们挺过了无望的孤独，专注于前进的道路的锚，只有一个，也是兄弟俩唯一拥有的，信念。

当这个世界成为一种战局时，想赢得真正的战斗，不是靠输赢经验值，而是内心充盈的使命感。如果莱特兄弟和兰利一样能想明白，不能带来名利的成功就等同于失败，他们应该能把自行车铺经营得更好，只是人类的航空梦想，或许也要再推迟几年了。

对于那些被梦想和使命感所驱使的人们，金钱和荣誉，不过是上帝奖励他们坚定信念的赠品而已。

花开一季，美丽了世界的一隅；日照一天，温暖过照耀的生命；伟大的灵魂，必定在世上留下自己存在过的证据。

番
外
/

风之女子

莱特家一共有四个孩子，三男一女，维尔伯和奥维尔是老二老三，而在现代航天器发明的背后，其实一直有着一个女人的身影，莱特家最小的女儿凯瑟琳·莱特。

这个莱特家的幺妹，从小就跟两个哥哥最亲。

母亲去世得早，深爱着妻子的莱特先生备受打击，从此一蹶不振。在一群男人中被宠大的凯瑟琳却没有公主病，15 岁便承担起了莱特家女主人的重任，照顾父亲和哥哥们的饮食起居，事无巨细，整个莱特家被她处理得井井有条。

莱特家的基因还是非常优秀的，哪怕挑起家庭的担子，凯瑟琳在学校里依然是个学霸，考上了俄亥俄州奥伯林师范学院，她两个聪明却无心向学的哥哥连高中都没毕业，凯瑟琳成了家里唯一的大学生，毕业后她在离家不远的中学里教古典文学。

当两个哥哥开始醉心于研发飞机的时候，他们赖以为生的自行车铺没人管了，凯瑟琳二话不说，卷起袖子开始一边教书一边经营自行车铺，好让两个哥哥能够专心搞发明。但搞飞机不是弄玩具青蛙，哪怕工具再简陋（莱特兄弟连风洞都是自己动手拿破木箱子 DIY 的），还是需要充足的经费支撑的。莱特兄弟哥俩又性格内向，不善于跟人打交道，凯瑟琳就出面到处演说，给哥哥们筹款。要知道，当时谁都不觉得他们会成功，凯瑟琳却对两个哥哥毫无保留地信任并且全力以赴地支持。

1908 年，奥维尔在飞行时坠机受重伤，凯瑟琳辞了教职去华盛顿照料哥哥，直到奥维尔康复。这个时候维尔伯正在法国推销自己的飞机，以他内向到有些自闭的性格，完全搞不定。凯瑟琳又跟奥维尔一起去了欧洲，凭借自己出众的口才和美丽大方的举止，担任起了哥哥们的新闻发言人，替他们完成了新飞机的推销和公关工作。

在法国，莱特兄弟成立了自己的公司，但这两位天才发明家对经营生意确实是不在行，焦头烂额。凯瑟琳又一次挺身而出，像当年接手自行车铺一样，管理起了公司，逐渐把生意调上正轨，做得风生水起。

1912 年，哥哥维尔伯死于伤寒，年仅 45 岁。从此奥维尔更加孤独，凯瑟琳成了他唯一的精神寄托，要是没有了妹妹，他都不知道该如何生活下去。

当为了哥哥们的事业操劳半生的凯瑟琳遇到自己的爱情，想要结婚的时候，奥维尔却勃然大怒。在母亲去世后，他们兄妹三人曾经约定从此要相依为命，兄弟俩到死都打着光棍。奥维尔自然把妹妹的婚姻视为对誓言的背叛，不但没有祝福，甚至拒绝参加凯瑟琳的婚礼。

奥维尔的性格绝对属于怪咖，集美貌与智慧于一身的凯瑟琳从来不乏追求者，她却一心一意地帮助哥哥们搞发明，可以说，是凯瑟琳成就了莱特兄弟，她把一切都无怨无悔地奉献给了哥哥们，直到年过半百了还是孑然一身。可无论凯瑟琳怎么恳求，怎么弥补，孤僻的奥维尔都不原谅妹妹。

最后凯瑟琳伤心地跟着丈夫走了。

兄妹三人至此离散。

两年后，凯瑟琳患上了肺炎，卧床不起。

奥维尔别说探望，连句问候都没有。直到凯瑟琳弥留之际，奥维尔才被大哥百般劝说来到了病床前，见了凯瑟琳最后一面。

有句话说：只有鹦鹉才喋喋不休，但它永远也飞不高。

莱特兄弟俩是沉默的雄鹰，带着人类挑战天空的梦想展翅高飞，凯瑟琳是托起雄鹰翅膀的风，人们看到了雄鹰展翅的英姿，却看不到风的痕迹和样子。

把所有的伟大翻转过来，背面都充满了隐忍、奉献和牺牲。

一个热爱妇女的硅谷总裁

> 一个独立的人，有个不可退让的前提就是，
> 我只接受我自己接受的事情。

世界第一大软件公司是微软，那第二大呢？

经常会听到人说，要做第一，没有人知道第二是谁，你看珠穆朗玛峰……

山峰是死的，人却不是。在人类的世界里，第二名也很难得——拉里·埃里森，世界第二大软件公司 Oracle（甲骨文 / 神谕）的老板。

硅谷是个天才满街走、疯子到处有的地方。

像比尔盖茨、乔布斯以及互联网新贵马克·扎克伯格一样，埃里森也没有念完大学。但前头那三个人都是知道自己接下去想干什么，为抢占市场先机，不愿意耽误创业时间才辍学的。埃里森是真的大学毕不了业，而且不是一所，读了三所都没毕业。

32 岁前一事无成，工作换了十几家公司，挣着微薄的薪水，却喜

欢挥霍。才挣1000美元的工资，就敢借3000美元购买一条大帆船玩。老婆受不了跟他离婚，他非常难过，惋惜地说：我将来会非常有钱的，你可以想买啥就买啥，跟我离婚你以后会后悔的呢！

老婆差点儿“胡他一熊脸”，你以为你自己是先知啊！

我不知道这是不是后来Oracle公司名字的由来。

当埃里森跟老婆吹牛皮、说大话的时候，他自己心里的确不知道将来要干什么。三年后他跟人一起投资了2000美元的“巨款”，合开公司的时候，他也不清楚自己能不能赚到钱。

好在互联网创业是个以小博大的买卖，初期不用多少资金就可以维持下去。有了公司老板的名头，哪怕只是个皮包公司，埃里森也更有理由泡妞、玩乐、享受生活啦。

跟埃里森一样另类的，是当时他公司的业务。

1976年IBM的研究员发表了一篇关于“数据库关系理论”的论文，读到此文的埃里森眼睛都绿了，这可是个能赚大钱的好买卖！得赶紧！

其实没关系啦，就算是动作慢一点儿也不会有事，当时大多数人都觉得这玩意儿有什么商业价值啊，慢得跟腿脚不便的老奶奶一样，做不大的。虽然也有人在研发类似产品，但毕竟都属于非主流。

就连搞出这理论的蓝色巨人IBM都不想弄这玩意儿，一帮学术研究员跟好多中国文人的心态是很像的，偏爱理论，市场化产品这种形而下的东西太丢人。况且当时IBM已经有很不错的数据库产品了，没必要自己跟自己玩左右互搏。

于是埃里森一招切中要害，迅速开始做大。

20 年后，Oracle 公司的市值已经达到了 280 亿美元。

在公司风生水起的时候，埃里森依旧因为私生活的丰富多彩被人诟病，被称为“硅谷花花公子”。无论有钱没钱，埃里森始终坚持享受和挥霍，后来从默多克手里买了夏威夷的第六大岛屿拉奈岛，又收购了一家小型航空公司，专门开辟了从夏威夷到拉奈岛之间的每日航线。

除此之外，埃里森非常在意自己的外表形象；热爱妇女，尤其是年轻漂亮的；甚至本色出演了《钢铁侠》里 Oracle 软件公司的总裁——他自己。

从 32 岁时的一穷二白、一无所有，到几十年后的硅谷富豪，外界对这个商业奇才的评价始终毁誉参半。唯一不曾改变的，是埃里森这个人本身，一直就是这么特立独行，不管你是喜欢他还是诟病他。

埃里森就一直按照自己的步调和方式在生活，有钱时是这样，没钱时也是一样。如果一定要找个词形容他的话，我想应该是“洒脱”。

无论在哪里，只要有人群，就会有人要求你跟他们保持一致，给你制造无形的压力，迫你就范。一个独立的人，有个不可退让的前提就是，我只接受我自己接受的事情。

自由的他人越多，你的自由就越多；平等的他人越多，你的平等就越不容易失去，正如海水中的一滴水得以永存。我们不必因为自己与他人不同而惭愧，找到与他人的不同，反而才是找到自己的过程。

那只拉低平均智商的蜜蜂

科技在进步，人性里有些东西还是原地踏步。

每当发生大事件(尤其是灾难)的时候,越来越多的人会发来质问:为什么不对此说点儿什么！有意思的是，如果你说的跟他们期望的不一样，又会受到这些人的口诛笔伐。比如 2008 年地震那会儿，歌手光良在自己的微博上晒狗，评论里如恶浪滔天一样的谩骂：地震死了这么多人，你还有心情在这儿玩宠物，你是不是中国人！完全无视有人默默留了一句：他好像是马来西亚人……

总有些人喜欢逼你示众自己的情感，不然就把你挂出去示众。虽然我还没有老到宠辱不惊的岁数，我开始习惯不由自主地跟大众情绪保持距离。

互联网时代，有这样一批人，他们对观点的认同并不思考背后的逻辑，只在乎是否与大多数人的口径保持一致。进而滋生了另一批只接受大多数意见的人，疯狂咬死那些微弱的声音，逼迫他们示众态度，且必须是同意的。浩浩荡荡的声势让这些人产生了一种欣快感和错觉：我跟大家都一样，所以我一定是对的，你肯定是错的。

比如吃狗肉这件事儿。你爱养狗当宠物，我认为你有这权利；你爱吃狗肉，我也认为你有这权利。即便是《圣经》中，有人问耶稣，吃肉还是不吃肉好呢。耶稣回答，让吃的人去吃，让不吃的人不吃，不要彼此论断，因为多说一句都无益。

在蚂蚁和蜜蜂中，有一种群体智慧：单个的蚂蚁和蜜蜂并不聪明，但聚在一起就能做出正确的判断，往哪里飞能采到蜜，在何处筑巢更安全。其实人类也有，有这样一个实验：让一个群体里的所有人对某个数值进行猜测，取平均值，结果会非常接近正确答案，但前提是大家的猜测必须是匿名的，一旦要求每个人都公开表达出来，结果就会一塌糊涂。

聪明人用自己的智慧抵消笨蛋的误判，群体的智慧才能彰显，如果要求每只蜜蜂都必须光荣伟大地表达自己的看法，那些跟大家不一致的就会在一片高喊着“蜜奸！”“蜂狗！”的声音中被当场处死，最后估计蜜蜂这个物种得在世界上绝种。

康德说再没有任何事情比人的行为要服从他人的意志更可怕。

我可以悲伤，我也愿意快乐，但我更想，多些选择。

一个大器不怕晚成的皇帝

> 屌丝不会逆袭，能够华丽逆袭的，
> 定是一时落魄的梦想家。

西西里的一群海盗们碰上了怪事。

应该说，遇到了一个怪人。

以他们横行西地中海多年的经验，洗劫商船的利润远不如绑票来得可观，抢劫货物还得销赃，且抢到的东西未必好卖，弄不出去等于砸手里了。而绑票，是个比较有“钱途”的好买卖，人头换来的都是真金白银，还不用考虑仓储物流，异常方便。

海盗们刚刚就干了这样一票。拦船抓了一批留学生，看衣着打扮应该都是富家子弟，行话来说就是“肥羊”。这批羊的爹妈看起来，不是大官就是富商，在船被袭击的时候，养尊处优的少爷们基本都吓尿了裤子——壮士，有话好说，要钱好商量，只要能活命，一切听你们的！

除了一个奇葩。

这小子被抓的时候一副满不在乎的模样，非但没有惊慌失措，那感觉倒像是出门碰上了老朋友来聚聚，全不把驰名地中海的西西里职业海盗放在眼里。还不只是这小子，连他随行的仆从们都很镇定，跟其他人相比，这些人一看就是见过大世面的——哪怕没文化的海盗们，出于长期绑票练就的商业直觉，也判断出这是个不一般的人物，于是他们开出了 1300 万美元的赎金价格（香港当年最大宗的绑票案，悍匪张子强开出的赎金 16 亿港元，折合成美金也不过 2000 万）。

这个青年听到赎金后，哈哈大笑，指着海盗们的鼻子说："看来你们都不知道你们绑架的是什么样的大人物啊！"随后，他自己主动把赎金价格翻了一倍多，涨到了 3300 万美元。

海盗们惊呆了。

还有嫌自己身价太便宜主动往上涨赎金的人质啊！还一口气涨了 50%！这是财神爷啊！海盗们连忙打听这家伙什么来头，难道他爸是土豪？

结果对方说了个海盗们从来没听过的名字。不过也正常，真有钱的人一般都很低调。

不过这个青年瞬间在海盗们的心目中，从"肥羊"升级到了"金猪"的行列。青年派遣自己的随从回去筹集赎金，自己跟一个好朋友和两名随从留了下来，快乐地当起了肉票。

青年在海盗窝里的生活可不是战战兢兢地小心度日，反而大大咧咧地全不把自己当外人。比如，青年想睡觉而海盗们在外头大声喧哗、吵闹不止的时候，青年就会派自己的随从去骂街——不是请求，而是教训海盗们要有公德心，保持安静！

有空的时候，青年还给海盗们上文化课，用诗歌来陶冶海盗们的情操。如果有人不好好听讲，青年会不开心地把这个“坏学生”拎起来狠狠斥责一顿，维持课堂纪律。在娱乐方面，青年也展现了非凡的实力，他跟海盗们一起训练体能，搏击、格斗，还跟海盗们一起玩乐，简直就像一个新晋的海盗小伙。如果海盗也有学校，班主任要给这个新生写评语的话，最合适的四个字应该是“打成一片”吧。

就这样好吃好喝伺候着，青年还经常不满意，特别是偶尔想起自己居然不是海盗头子而是被绑架的肉票时，青年的心情就会很不好，威胁等自己得救了，一定要把这群海盗抓起来全部弄死——他说这些话还都是当着海盗的面，一点儿都不避讳。海盗们觉得他好玩极了，经常哄堂大笑。

终于，随从筹到了赎金，从海盗手里救出了青年。

获得自由的青年做的第一件事，就是到附近地区租借船只，招募人手，然后带着一群雇佣军突袭了绑架他的海匪，连锅端了这个海盗团伙。不但拿回了自己那3300万美元的赎金，还顺手洗劫了海盗的财物。最后，他把这群凶徒变成了自己手中的囚犯，并且实践了自己曾经的话，把海盗们全部绞死，报了仇。

这个青年名叫尤里乌斯·恺撒。

那一年他 24 岁，正在从罗马去罗德岛留学的路上，这是当年旅途中发生的一段小插曲。

深谋远虑是贯穿恺撒一生的最大特点。当被海盗们抓住的时候，他的淡定让对方不敢轻举妄动，把赎金从对方要求的 20 塔兰特提高到 50 塔兰特（1 塔兰特约合 66 万美元），对见钱眼开的海盗们来说，看到这个人，无疑就等于看到一大笔会走路的现金，非但不舍得杀，还奉为上宾。他不仅保住了性命，还能反过来让海盗们成为自己的保镖，安然度过随从去筹款的 38 天。

恺撒深知，越是器宇轩昂，对方就越不敢小瞧你，真正的强者对欺负比自己弱小的人没有兴趣，只有弱者才会欺压比自己更弱的人。所以，他按照自己的固有方式在海盗中生活——有大笔赎金做保证，哪怕有时候过分了，海盗们看在钱的分上也不会把他怎么样，而利用这个机会，他正好摸清海盗们的一举一动，为反击做好准备。

我曾经有个刻板印象，名垂青史的恺撒大帝是一个英武俊挺的青年形象。一些影视作品里，扮演他的演员也都是 30 岁出头，不由让人产生“恺撒是个少年得志的天才型人物”这样的错觉。可稍微了解一下他的生平就会发现，其实恺撒真正开始发迹并走上历史舞台，是在 40 岁以后。

真正少年得志、军功显赫的是与恺撒同时代的天才庞培。他 17 岁从军，23 岁已经开始领兵打仗，24 岁打败号称骑兵非洲最强的努米底亚王国，征服了非洲，仅仅用了40天。罗马公民大会要求庞培三年内彻底清缴西西里海盗，庞培三个月就把事儿给办了。之后平定亚细亚，横扫中东，凯旋的庞培还不到40岁。真可谓功业鼎盛、天纵英才，人生的巅峰，人家在上半辈子就已经达到，并且在山顶上插着遮阳伞吃西瓜了。

而40岁之前的恺撒在干什么呢？

虽然恺撒年轻时有过上文讲的绞海盗的传奇经历，但在这之后的15年间，历史上没有留下任何恺撒令人印象深刻的事迹。

在当时的罗马，他也不是以军事才能和治理才能被大家记得，反倒是他花花公子的逸闻（他还在庞培东征期间睡了人家老婆，导致庞培家庭破裂……）以及天文数字的累累负债被大家当作茶余饭后的谈资。

可即便如此，在不出名之前的绑架案中，我也看到了一个从年轻时便具备了出众素质的豪杰，他智计出众，心理素质超群，有强大的自信和与之相匹配的实力。

在之后的15年间，他虽然并未名扬四海，可其实欠缺的只是时代赐予的机会，一旦机会来临，他便可以毫不犹豫地挺身而出，挥剑向前，威震古今。如果他只是那一艘船中看到海盗会尿裤子的普通年轻人，时代就算是送一个大礼包到他面前，他也不知道该如何打开。

番
外
/

大器晚成的真相

看到过这么一段鸡汤文字：亨利·福特40岁创办福特，宗庆后42岁创办娃哈哈，任正非44岁创办华为，山姆·沃尔顿44岁创办沃尔玛，潘伯顿医生45岁配制可口可乐，陈泽民50岁辞职创办三全，哈兰·山德士66岁创立肯德基，褚时健51岁任玉烟厂长、74岁二次创业种褚橙。只要心怀梦想，有开始，就不晚！

如果再加上我们这位40多岁才开始崭露头角的恺撒，这些都是大器晚成的好例子，完全可以用来抚慰那些生活郁郁不得志的人们：希望在前方，哪怕是屌丝也会有逆袭的一天。

可我总是会忍不住扫兴地问一句，大器真的晚成吗？

人们都惊叹他们后来建立的功业，那这些大器们年轻的时候都在干吗？他们之所以之前没成功，就是因为岁数还不够大？之所以后来能成功，又仅仅是因为年龄到了？屌丝逆袭这个说法，我向来都不同意。

这好像是在安慰那些不得志的年轻人，只要熬资历、混时间，早晚会有出头之日的，那人生也太好混了吧。这个世界岂不是再没有失败者了？对那些从没停止过奋斗的人又公平吗？

何况上头那个段子下面紧接着还有另一个段子：

比尔盖茨 39 岁成世界首富，陈天桥 31 岁成中国首富，孙中山 28 岁创办兴中会，孙权 19 岁占据江东，丁俊晖 15 岁拿世界冠军，秀兰·邓波儿 7 岁得奥斯卡奖，贝多芬 4 岁开始作曲，葫芦娃刚出生就打怪了。你急不急？

大器晚成的另一头，有人可是少年得志啊。

没有人会知道自己是早成还是晚成，这个时代对成功的定义也接近了病态，无非就像王朔说的，成功变成了赚点儿钱让人们知道而已。在这种定义下，绝大多数人都属于不成的，难道就不活了？

我倒是觉得，不成，不是指你在一件事情上失败，而是放弃了自己。

成功一定是需要机遇的，但在机遇到来之前，更需要的是积累。羡慕成功者金灿灿的光环，也得看到他们为了这一刻的到来，跋涉了多久的旅途。没有长期的锻炼和坚持，机遇真的从天而降你也接不住，搞不好还被砸得半身不遂，眼睁睁看着别人捡走了便宜，只能用余生叹息：我当年差一点儿……

没赶上就没赶上，差了一刻、一分，哪怕一秒，都是没赶上。

真正了不起的成功者都是具备与声明相匹配的实力。

屌丝不会逆袭，能够华丽逆袭的，定是一时落魄的梦想家。他们的魅力值是什么？不同于富二代，他们身上最大的魅力在于有股破土而出、野蛮生长的劲儿，因为他们不拼资源拼干劲儿，资源靠外界、靠时间，干劲儿靠内省、靠自身。

一个天生面瘫的好演员

心中相信的梦想，哪怕听起来荒唐，
但它有茁壮成长的能力，能帮你撑过岁月寂寞、人情冷暖。

一个从出生就面瘫的倒霉孩子，长大后能不能成为一个优秀的演员？

史泰龙就是答案。

曾经觉得这个肌肉男特别不会演戏，面无表情、眼角下垂，还口齿不清。从第一次看他主演的片子就觉得此人一定是口含着两颗枣核在念对白，人家马龙·白兰度主演《教父》时，是角色需要才在嘴里塞棉花，塑造黑帮老大独特的口音和腔调。您这每部戏都一个表情，一样的发音不清，这是病吧！

没想到，胡思乱想的吐槽，还真被我说对了。

史泰龙生于纽约一个普通人家，家境非常贫苦，他是在慈善医院被接生的。

医生对这个难产的新生儿显然没啥耐心，于是抄起助产钳拎着小史泰龙的脑袋就把他拉到了这个世界上，真的是生拉硬拽啊！导致他的左边脸颊部分肌肉瘫痪，左眼睑与左边嘴唇下垂，一生口齿不清。

在这个看脸的世界，有点儿隐疾还好说，出生就直接毁容这种事，打击实在太大了吧。

在他十岁时，父母离异，他先是跟着父亲生活，后来又跟随母亲去了费城，光转学就转了十多次，加上出生就伴随而来的残疾，史泰龙有个叛逆青春也就不是什么太令人意外的事了。

高中阶段，他被送进了一所专为“被情绪困扰的青年人”设立的学校。所谓“被情绪困扰的青年人”是个委婉语，其实就跟咱国家的“工读学校”差不多，就是管教问题少年、小流氓的集中营。即便是在这样的地方，史泰龙小朋友依然坏得出类拔萃，他的高中老师曾高度评价过他 —— 我认为这小子是我们班上最有可能坐电椅的人。

在这样的学校环境里，史泰龙的主业是打架斗殴、称王称霸，业余时间玩玩体育。什么踢球啦、举重啦、扔铁饼啦，都消耗着青春期过剩的荷尔蒙，也可以顺便锻炼一下跟同学们“打成一片”时的抗击打能力。

没想到高中毕业时，玩体育这个副业倒是玩出了成果，帮史泰龙获得了大学的体育奖学金，跑去瑞士成了一名女子体育教练。原本闹着玩的副业一下子转正成了捧在手里的职业饭碗，于是史泰龙只好再找个新的副业来发泄自己过剩的精力。这时，他在业余时间主演了阿瑟·米勒的名剧《推销员之死》，这下可不得了，他的表演欲一下子就被激发出来，立志回美国后成为一名演员。

23 岁大学毕业后，史泰龙便迫不及待地回国，去迈阿密大学开始学习戏剧表演。他果然是“天赋异禀”，最终因为分数太差被退学了……

不得不说，让一个从小就面瘫的人演戏，放在舞台上表演，离得远还看不出来，在特写镜头一点儿不留情面的荧幕上，的确太有难度了。

史泰龙不死心，回到纽约，继续坚持自己的演员梦。为了维持生计，他帮人送过比萨，摆过地摊，给书店当过保安，在电影院做过领座员，甚至还去动物园清洗过狮笼。在曼哈顿林立的水泥丛林间，这个面无表情的二十多岁年轻人，就像一粒毫不起眼的灰尘，不知道命运的风会把自己吹向何处，一切的努力好像只是离梦想越来越远。

这时，史泰龙的母亲建议儿子可以考虑一下创作剧本。应该说，这是个非常专业的建议，史泰龙的母亲是个占星术师……

从旁观者的角度，让一个从小不读书、打架练肌肉的小子静下心来写东西，忍不住怀疑这位母亲是不是在玩自己的亲儿子。

偏偏史泰龙做到了。

写作让他开始沉淀自己，与此同时，他也开始尝试在百老汇的外围剧院里出演一些临时性的跑龙套角色。

就这么熬着日子，史泰龙迎来了自己的 30 岁。

一天，史泰龙看穆罕默德·阿里争夺重量级拳王称号的比赛录像，回首自己付出艰辛却没有起色的处境，感慨之余，写下了一个剧本，讲述一个业余拳手，机缘巧合，获得了与世界拳王对抗的机会，从此一战成名的故事。

这个业余拳手，名叫洛奇。

第二年，《洛奇》的票房破 2.25 亿美元，夺得了奥斯卡最佳影片与最佳导演奖。史泰龙也获得最佳男主角与最佳编剧的提名。

《洛奇》就是史泰龙自己人生的写照，他用自己的故事演绎了电影里的这个角色，顽抗到底，永不低头。也许他的先天条件演别的角色都是劣势，但出演一个刚毅不屈、坚强冷峻的动作戏主角却再合适不过：面无表情成了坚强的诠释，念白不清凸显了硬汉本色，所有的缺点一下子逆转成了优势，而且浑然天生，成了动作片明星的典范和标杆。

之后史泰龙再接再厉，自编自导自演了《洛奇 2》，并在 80 年代开创了另一个卖座系列《第一滴血》。这个系列电影，启蒙了中国人 80 年代被压抑多年的、对于男性的审美本能，虽然被很多影评人嗤之以鼻，但结结实实地引领了全世界男性的健美风潮。可以说，史泰龙和紧随其后的阿诺·施瓦辛格、布鲁斯·威利斯这些动作影星，将动作影片带入了上世纪 80 年代最繁荣的黄金岁月。

时至今日，哪怕硬派动作片早已风光不在，年近 70 岁的史泰龙却依旧活跃在荧幕上，《洛奇》已经拍到了第六部，《敢死队》系列网罗全世界的动作明星也拍到了第三部。

所有这些，单凭一身腱子肉显然是做不到的。史泰龙是少见的、能编能导能演还能唱的全能型电影人（他曾在《纽约司机》中扮演年轻的乡村音乐歌手，并演唱了全部的歌曲），他还是一名抽象派画家，曾在世界各地开办个人画展，这也让他在设计电影分镜头时如虎添翼。

回头再看荧幕上的史泰龙，老去的脸庞也许因为残疾，从未英俊过，但他的灵魂，也从未向这个世界妥协过。这么多年，他被生活折磨过，却从未放弃过，他的身影里，永远都伫立着那个倔强的叛逆少年，依稀可辨。

梦想的前提

这是个消费“梦想”的年代，电视上声泪俱下说要坚持自己梦想的人太多，看得都快审美疲劳了。

发自真心的梦想，从来都不应该被质疑。

而我说的这种质疑不只来自于外界，还可能源自于自身。

梦想可以拿出来说，但更要在心里相信。

心里不相信的梦想，不过是博取同情的道具，再痛哭流涕都实现不了，因为它不真。

心中相信的梦想，哪怕听起来荒唐，但它有茁壮成长的能力，能帮你撑过岁月寂寞、人情冷暖。

史泰龙的第一个荧幕角色，是凭着自己一身的肌肉赢得的——在一部情色电影中饰演舞男，片酬200美元（顺便说一句，这部情色片，在他因为《洛奇》成名后，改名《意大利种马》被重新发行）。

在那之后，史泰龙还曾经出演过大导演伍迪·艾伦的电影，扮演一个没有台词的劫匪；参加过《教父》剧组的试镜，被不留情面地直接淘汰。

严格来说，史泰龙编剧并主演的第一部电影其实是《狂野少年》。

是不是听都没听说过？

放眼演艺圈，很多大腕在年轻时，都演过不少莫名其妙的角色，他们的烂戏可能是佳作的好几倍。劳模刘德华就不用说了，张国荣出演的第一部电影是名叫《红楼春上春》的三级片，有兴趣的可以找来观摩一下。

只有那些极其好命的幸运儿，才会在一开始就有一个非常高的起点，比如主演《哈里·波特》系列的丹尼尔·雷德克里夫。不过哈里·波特之后，丹尼尔虽然片约不断，好戏却不多，让观众记得住的角色更是一个都没有。

有人说，实现梦想的前提有两个：第一，坚持；第二，不要脸。

简略点儿说应该是：坚持不要脸！

这并不是让你故意去出丑的意思，而是别怕做错。

我们总是会为自己曾经的不完美感到尴尬，忍不住否定自己并不那么出色的过往。但仔细想想，如果现在比那时的自己要好，难道不是因为已经改掉了那些毛病，终于从青涩中走出来，更加成熟了一点儿吗？说错话、做错事，都是让自己成为更好的人交出的学费。

唯有坚持，才是梦想可能成真的前提。

不关
命运的事

最没出息的行为就是抱怨，
好像这样就为失败找到借口。
这世上谁不是戴着镣铐跳舞。
没跳好，真不关命运什么事。

韩剧女孩儿的真相

> 故事再精彩也是别人的，生活再简单也是自己的，先撑起自己生活的骨架，再去寻找自己喜欢的玫瑰花。

我有一个朋友，上网买移动硬盘，卖家问他要多大的？答曰：2T！卖家又问他是男的女的？答曰：纯爷们儿！

硬盘到货了，附送满满800G爱情动作片，应有尽有，一律高清。这真是业界良心啊，朋友立马果断好评，又好奇地问，如果我是女生，你打算在硬盘里面拷什么？

韩剧。

以上，“我有一个朋友”，来自互联网。

如果说爱情动作片会让我身边的男性同胞们伤身，那韩剧则让我身边的女生朋友们伤够了身。

我曾遇到过一个韩剧女孩儿，这个“韩剧女孩儿”不是长得像从韩剧里出来的，而是把生活过得和韩剧一样。她见到比自己年长的男性一律叫“欧巴”，一着急就没完没了的“欧多凯”，下班回家抱着电脑没完没了地追泡菜剧，房间贴满各种韩星海报，一层又一层，厚度可以防弹。

当然，她只是没有爱情。因此我用“败犬”来形容她，她兴奋地点头，“日剧我也看的！败犬女知性独立，美丽优雅，人家哪有那么好?!”

酒井顺子在差不多十年前写作《败犬的远吠》这本书的时候创造了“败犬”这个词，本意是调戏一下日本已过适婚年龄而没结婚的妇女同志们。后来因为《败犬女王》这部电视剧火了，因为剧集里的主角们都漂亮独立、事业有成，结果大龄女青年们一下子很爱用这个词来形容自己，本来的贬义词一下翻盘成了时髦的自夸语——但我没好意思纠正她的误解，因为我说的“败犬”是这个词的本意。

连续剧这玩意儿，无论哪个国家拍的，本意都是给人打发时间用的，韩剧更是极尽各种抓起自己头发离开地球的夸张之能事，现实生活中谁会像剧中人那么说话做事啊？不信你试试一天就按照连续剧的桥段台词说话，不到太阳落山周围群众已经把你送去精神病院了。

现实生活太无趣了，所以才去韩剧里找点儿乐子和解脱？当然可以，问题是，如果你沉醉其中，整天追剧意淫主角的生活，那你自己的生活又在哪里？分不清现实和环境，后果很严重。偶像剧毕竟是解闷，爽完了对比真实生活，反而会更郁闷哦。

无论是《败犬女王》还是《欲望都市》，女主角们都有着自己追求的质感生活，在这个大前提下，无论怎么爱恨情仇，怎么折腾跳楼，自己都不会变成一盘散沙——作也不会死哦。

所以，不如省点儿追剧时间，把自己好好收拾一下：睡个饱觉消掉黑眼圈，换个发型换个心情，试试新鲜事物，发掘没尝试过的爱好，走出门去多跟人打打交道……

故事再精彩也是别人的，生活再简单也是自己的，先撑起自己生活的骨架，再去寻找自己喜欢的玫瑰花。努力做个暂时没有爱情的“败犬女王”吧，千万别让自己活成“loser 女郎”啦。

韩剧三宝

这两年，韩剧的浪潮的确再次来势汹汹，《继承者们》和《来自星星的你》，都大有不攻陷我神州上邦誓不回半岛痛快吃泡菜的架势。而从 1993 年韩剧正式进入中国起，基本套路就是三板斧：

一是男女“猪脚”[1]一见钟情；

二是痴心不悔的男二号，和“碧池”[2]技能被点满的女二号；

三是著名的韩剧三宝：癌症、车祸、治不好。

历史再次证明了，经典模式之所以经典，因为它每次都管用嘛。比如《来自星星的你》这部剧，在加入了穿越、超能和宇宙文明第三类接触等元素外，基本上就是上述套路的升级版。虽然从男人的角度，实在不明白金秀贤哪里帅，但前面所说的韩剧吉祥三宝在本片里也华

1 “猪脚”：网络用语，意为主角。

2 “碧池”：网络用语，即 bitch 的谐音。

丽升级为 2.0 版本：车祸、贵族、下雪早。

事实上，一集韩剧其实削砍到五分钟也完全不会影响情节连贯性，由此可知剧情上拖沓的节奏有多么无良了。节奏这么慢，那靠什么来拉住观众呢？帅哥美女！甭管天生的还是挨了千刀的，妆容上反正基本做到了完美得令人发指。

如果只是因为长得好看，穿得好看，整得好看，疯狂追剧，也不算啥伤身的事儿，但喜欢看韩剧的女生朋友还告诉了我一个小秘密。

韩剧对女孩儿有着巨大的吸引力，因为会让人产生强烈的代入感——幻想自己是片中的角色，当然一般都是善良可人的女主角。《来自星星的你》的代入感是怎么产生的呢？

剧中除了面部表情永远庄严肃穆、天下为公的男主之外，全智贤饰演的女一号千颂伊更是绝对的大亮点，身为国民偶像却各种耍宝犯傻，二起来不要命，被广大影迷同志们亲切地称为二千！

于是，大家开始这样代入：千颂伊是女神吧！可她也是女神经病吧！我作为一个普通女生虽然不是国民偶像，但有能力随时变身为女神经病哦！于是普通女生和千颂伊两者间产生了奇妙的交集，用公式表示出来就是：女神 = 女神经病 = 普通女生。所以，普通女生也有可能拥有剧里的生活，包括占有男主角都教授啦！

冒犯地说，我觉得韩剧还真有可能是造成中国大龄剩女多的原因之一，如果你整天幻想着偶像剧灰姑娘变公主的境遇，哪儿看得上身边总有缺点的男生呢？

所以，电视剧在英文里叫作 TV drama 或者 Soap Opera（肥皂剧），但韩剧却有一个很特别的名字——Korean Dreams，翻译过来就是韩国梦！

造一堆浮华虚妄的假象，让痴迷韩剧的观众们深陷其中不愿醒来，而造梦者们又得到什么好处了呢？当然是真金白银的收入啦，文化产业的输出在韩国可是个政府支持的巨大产业链。有报告显示，韩国文化产业出口每增加 100 美元，韩国的电子产品平均销量就会增加将近 400 美元，还不算其他的什么化妆品、旅游业甚至整容业……一部《来自星星的你》之后，别说上海的韩国街天天人满为患，单凭千颂伊的一句“啤酒炸鸡”，就让多少消费者对原本的普通小吃趋之若鹜。

所以，你沉醉的爱情梦想，不过是韩国政府大力扶持文化产业背后的商业利益。这么一想，真的好没劲，好不浪漫哦。

一个劝退选手的狂奔

> 如果天赋好，记得要一直跑；如果没有，
> 做一只笨却坚持的乌龟也没什么不好，一切只在终点才见分晓。

在这所重点中学里，田径是校传统项目，每年很多体校转来的体育生，成了在中学生运动会上为学校争光的资本。他们大都是一级运动员，偶尔还有特级，但我并不属此列。我只是普通高中生，且成绩中等偏下。所幸，跑得还算快，参加短跑训练，目标是成为国家短跑二级运动员，因为高考能加分。

第一次参加训练，我就吐了，整整三天才缓过来——第三天放学，我还是去了体育馆，虽然被虐，但稍稍强大一点儿的感觉实在太好。

我的教练外号林教头，让我觉得自己简直是个正在修行的初级侠客，一旦神功告成，就可以仗剑出山，名动江湖了。

师兄们的钉鞋都是学校出经费给买的，我属于编外人员，没有钉鞋。本该自己花钱买一双，可想起爸妈本就为我的学习成绩忧心忡忡，能允许我参加训练已算开恩，还要出钱买鞋，实在得寸进尺。

于是在体育教研室里那堆准备扔掉的淘汰装备中翻了半天，翻出一双黑色皮面已经龟裂的钉鞋。回家刷干净了旧鞋，像捡了宝贝一样欣喜若狂。

这一天，我拿到了我的第一双训练鞋。

从此，一放学，我就出现在操场边，风雨无阻。

球类比赛永远有人围观，而短跑训练却永远枯燥无趣，只有在校运会的时候才被人想起。

对那些已经过了一级标准的师兄们来说，练不练根本无所谓。他们抱怨煤渣场地太破，怀念体校的塑胶跑道，不爽操场上踢球的人太多，干扰他们的冲刺……

林教头兼着不同年级的体育课，看到只有我一个人在等训练，便摆摆手说，今天算了吧。

但我每天都去，几次拒绝后，教练也有点儿不好意思，就带着我一个人开练。

之后，在热闹操场的清冷一角，教练准时搬把椅子坐着，看我高抬腿、跳沙坑、拉韧带、跑冲刺，有一句没一句地聊天，偶尔纠正一下姿势，说一点儿动作要领。

就这样练了几个月。百米二级运动员的标准是 11"50，我一直没跑进过 12"00。

那天，操场上来了个瘦男孩，风一样冲过终点线，教练手里的秒表停在 11"68。教练大声对他说，好好练，一年之内就达标了。他眯着小眼睛朝教练一呲牙，他就是师弟。

师弟根本不喜欢跑步，他喜欢穿着一件克罗地亚的队服在球场上高速甩开防守队员，对着守门员大力抽射。跟我一样，他只想高考加个分。

0.1 秒的差距在百米里也许要花半年甚至更长时间来突破，对我来说任重道远，但是对师弟而言不算什么。

人跟人差距就是这么大。

某个下午，我去体育组办公室灌水喝，在楼梯上听见有人说：“你们短跑组训练很勤啊，但俩小子比赛都是拿不了名次的。真要说考二级，也就那小瘦猴还有希望，那个小马没天赋。”

我没听下去，悄悄溜下楼，心跳得特别快。

那天，我第一次跑进了 12"00。

当晚，我发现拉伤了。

右腿内侧肌肉疼得支撑不了身体重心，第二天上学一瘸一拐的。下午训练前，我吃了止疼药，但成绩跌出 13"00 外，甚至没跑过刚入队的初中生。

之后情况越来越糟，我甚至不能下楼做广播操，训练只能停了。

最后，我把情况告诉了爸妈。

爸爸很久没说话，问道，你还想继续跑吗？我说想。爸爸说，那咱就去医院看病。

医生的意见是，要么别练了，要么打一针封闭，切断神经联系，就不会疼了。我说，那就打吧。话音还没落，就被妈妈拽了出去。

第二天放学，教练在班级门口等我，劈头盖脸就一顿骂：拉伤了不说！还吃止疼片，逞什么能！还想打封闭针，有没有脑子！

我低着头根本不敢看他。他递给我一张纸条，让我去找吴医生。

吴医生是推拿方面的专家，医术非凡，却在一家小地段医院工作。他下手的第一下，我的惨叫就响彻了整个居民区。

汗就像地下水一样从皮肤下面渗出来，吴医生不得不好几次停下手用毛巾把汗擦掉才能继续按，我咬紧牙，没再出过声。

半个小时后，走出医院，我衣裤全湿透，已经快要脱水了。

就这样，我每周去吴医生那儿推拿三次。

像一个行走的药罐子，平时我腿上都敷着药膏，气味难闻，隔着裤子还是刺鼻。但放学后，我跛着腿来到操场边，坚持训练上肢力量，单双杠、哑铃、摆臂。

一个半月过去了，吴医生告诉我以后不用再来了，我深深地给吴医生鞠了一躬。

这一天，师弟已经跑到了 11"59。

我恢复得很快，不到两个月已回到了 11"80。教练开始让我同时训练 200 米，单拼速度力量我不行，但加上耐力和弯道技术，倒见了长处，几次之后就跑到了 24"00，离 200 米 23"60 的二级标准非常近了。

那是我记忆里阳光灿烂的日子，成绩稳步上升，生活安逸美好，教练安排我和师弟去少体校带训。

这一天，我第一次在塑胶跑道上跑出了 11"65 的百米和 23"90 的二百米，兴奋得直接来了个后空翻。

可惜比赛机会并没有随之来临。

所有认证级别的比赛，都需要师兄们去给学校争荣誉，轮不到我和师弟。就这样继续训练着，我进入了忙碌的高三，作业铺天盖地，考卷发得像地铁口的小广告一样密集。

学习成绩依旧是中游，训练加课业苦不堪言，每天睡眠减少两个多小时，经常会在课上打盹被拍醒。

但放学逃掉加课，我也坚持去训练。

而那天，在操场栏杆上压腿的我被告知，今年市里砍掉了两个本来可以加分的比赛，很难有比赛机会能让我参加了，让我有个心理准备。

是的，我有心理准备：一直训练到毕业那天，不管有没有比赛，能不能加分。

高三上半学期和寒假都过去了，师弟再没出现过。

直到有一天，教练突然把我和师弟叫到跟前，递给我们一人一张参赛证，是一个国家级的大型体育选拔赛，这次比赛成绩可以计入高考加分。

这是我们俩最后的机会。

之后，师弟开始天天出现在操场上训练，很快他的百米成绩回到了 11"60，而我的二百米已经可以跑到 23"58，比二级水平还快了 0.02 秒。

转眼就是比赛。

第一天百米，第二天二百米。在清晨微寒的春风里，教练带着我和师弟在场外准备区热身。站在场地中央，看着整整一圈八万个空荡的座位，我开始紧张，喉咙发干，腿脚发紧。

转过头看师弟，他在微微颤抖，嘴唇已经白了。

上场前，教练嘱咐我们俩，今天多是特级和健将级运动员，如果被甩很远不要在意，目标达标就好。逆风跑会对成绩有影响，但计时会扣除这个因素，所以不用紧张，正常发挥。

看着身边肌肉快要撑爆运动服，光着头一脸无所谓的专业运动员们，我感觉自己好像是放在林立迫击炮之间的一把小手枪。发令枪响的时候，我起跑慢了，瞬间已经被四、五道的选手甩出去好几米。风迎面扑来，在前面拉起一道软墙，不结实，却坚韧，撞不烂也冲不破，就这么兜着我一点点往后扯。眼前是黑的，我只听见自己嗓子里的嘶吼，哑得不像人声，在风里拉出一条绵延的细线，拖在了身后。

冲过终点时，其他选手都已经在穿衣服了。

11"72。在修正了风速之后，减去 0.2 秒。

这一天，我好不容易等到的机会，被一场风吹得七零八落。

回去的车上，我和师弟都低着头。

师弟只比我快了 0.01 秒，依然被拦在 11"50 的大关外。

教练沉默了一路。

下车前，他拿起我们的比赛证说，明天还有风，比赛证上没有照片，我让你们的师兄代你们跑。

师弟抬起脸，看看教练，点了点头。

我咬着牙，没有表态。

当晚，教练、班主任都来了家里。

“三年，够了。你当初练跑步只是为了加分。如果明天没跑下来，你就白练了。”

爸爸一直抽着烟，没有说话。

教练离开前，最后一次对我说：“明天别来了。”

躺在床上，听见隔壁妈妈在数落爸爸：孩子脾气这么倔还不是像你。

这个晚上，我躲在被窝里，哭了。

第二天一早，我在校门口等教练。

当他看见没背书包，手上拿着皮掉得已经斑驳的旧钉鞋的我时，长叹了一口气。

师弟没出现，但我的两个师兄来了。

第二天，风没有变小。

我从教练手里拿过参赛证，转身朝场地走。师兄追了上来，说了句：你小子……

站在起跑线的那一刻，我脑中是空白的，不是紧张，是什么念头都没了，没有输赢，没有害怕，没有喜悦，也没有后悔。

发令枪响起，身边好像奔腾起了千军万马，跑道都被震得晃动。不断有其他选手从我身边超过，最外道的起跑优势距离差在前 15 米已被追平。我谁也没看见，只有风声里裹挟着号角的鸣音，在耳边吹个不停。

跑出弯道的那一刻，号角突然不响了。

风停了。

教练和师兄在看台上兴奋地大吼、朝我挥拳头。

我跑进了另一个宇宙、另一个时空，没有天地，只有我自己，和满心欢喜。

番外/

当我跑步时我在想什么

这不是一个故事，是我青春时的一段往事。

那个二百米，可能是那天唯一风停下来的几十秒，真的被我赶上了，好像是上天送我的一件礼物。

修正后的最终成绩：23"58。

在站上起跑线的那刻，无论结果如何，我都已经没有了遗憾。

那天，唯一可惜的，是代替师弟参赛的师兄状态很糟糕，最后成绩是 23"63。

这是生命中一段辛苦却不曾后悔的时光。它最美好的地方，并不是结果，而是它不功利。

为了高考加分？

也许初衷是，但后来已经不是了，从知道自己并没有短跑方面的天赋，甚至从被其他组的教练否定开始，加分已经不再是我的目标了。

坚持下来的动力，是我觉得自己在做正确的事，没有放弃自己是正确的事，不愿让师兄代跑也是。

在那之后的岁月里，我会被他人成功的光环所诱惑，会因为不确定的结果而放弃，虽然岁数已经长了一倍，却很遗憾自己没能像那时的小马一样，一直坚持选择做正确的事情。

其实生活一早已经告诉我了，我并不是个有天赋的人。不像师弟，他出身田径世家，爷爷是教练的同学，爸爸是教练的弟子，精瘦的身材看着没多少肉，一旦跑起来，两条腿像失控的风车。

看到他跑百米，我才第一次知道，原来漫画人物那种腿快得看起来像转成了一圈轮子的跑法并不是艺术夸张，哪怕是在黑黢黢没有弹性的煤渣跑道上，师弟的腿真的就可以跑成那样。这种步频是天生的，我再怎么努力也学不了。

我所拥有的，是另外的东西。

它叫作坚持，足以去和天赋抗衡。

这个世界有太多的聪明人，从起跑的时候，他们便比笨人离终点更近，跑得也更快。可在终点线上，往往都是笨人们的身影，少见有天赋的聪明人们。龟兔赛跑，是预言，也是现实。如果天赋好，记得要一直跑；如果没有，做一只笨却坚持的乌龟也没什么不好，一切只在终点才见分晓。

直男眼中的直男癌

那些外表之外的问题，
其实比外表的问题还要大。

在人的身体里，当细胞受到DNA损伤时，它们就会试图去修复损伤。但如果修复行为失败了，受损细胞就会进行自我破坏，保证新的健康细胞能够替代，这便是新陈代谢。而癌细胞并不直接产生破坏，而是拒绝死亡，夺取其他健康细胞的生存机会，最终导致恶果。

“直男癌”被戏称为“癌”，跟上述生物问题其实很相像，首先这个病的症状体现在对自身外貌的不讲究上。网上有个话题叫“中国男人长得丑”——这么赤裸裸打脸的言论，断然不能忍啊！

可把数据摆出来看，中国男人还真没脾气。美不美是有据可依的，越接近1∶0.618这个黄金分割比例自然就越美。可咱中国男性脸部长宽比是1∶0.86，而西方男人是1∶0.74，再配上个大塌鼻子，想要立体起来也有心无力啊。而在身材上，中国男人普遍溜肩膀，别说跟欧美比，就是跟岛国日本的男人 PK 都输了 2 厘米。眼光再接着往下出溜，就更惨了，1985 年中国城市男性平均腰围只有 63.5 厘米，到 2012 年已接近 76.2 厘米。25~29 岁的青年们，平均腰围都接近 82 厘米了，40 岁以上男性的平均腰围早就超过 85 厘米。

没办法，咱先天基因不给力，这是客观事实，但后天还是可以努力努力吧。比如健身锻炼，修饰打扮啥的。偏偏中国“直男癌”患者们对身材长相这个问题，又有着一种毫不在意、近乎无耻的自信。

这种自信的来源是啥？

“直男癌”们的理由是，咱现在是文明社会了，能够证明自己的方式太多了，东边不亮西边亮，不靠身材，还可以比比别的嘛。苏东坡虽然是个胖子，但娶了俩老婆，还有一名叫朝云的美艳侍妾，更敢去青楼狎妓风流快活，人家根本没思考过是不是该去跑个五公里练练肺活量啥的。只因为他有才啊！一首诗词传千古，过眼美女如烟云呐。何况宋代本来稿费就高，他职位还是高官，就算被朝廷降职处理了，那也是正经公务员编制。练块儿？你以为人家要去水泊梁山上打把式卖艺吗？

如果才华不够呢？没事，Money（金钱）来凑。翻翻各种富豪榜，单从照片上来看，有钱的大佬们即便长得眉目周正，跟好身材也基本没啥关系。那又如何？你要是看上哪个韩剧里的帅小伙，好莱坞电影里的大帅哥，呵呵，老子砸钱把公司买下来让他们送快递，你信不信！

总之，对“直男癌”患者来说，如果不是那个才，也可以是这个财，反正不需要身材。

另外“直男癌”们还不爱打扮，一说这个词就自动脑补娘炮。跟全世界最舍得花钱捯饬自己的韩国男人相比，中国男人平均每年花在给自己买化妆品上的钱还不到1美元。别说洗面奶了，有些人洗脸都将就着用雕牌肥皂……世界上有人不爱钱，可我不信世界上有人不爱美，否则再不注重自己形象的“直男癌”患者们，为什么还非要找漂亮姑娘谈恋爱呢？

可“直男癌”们却坚持认为，让这个世界更美丽一点儿，并不是属于他们的责任。看中外表的都是涉世未深的幼稚小女孩儿，请你们看我外表以外的东西！

在针对中国女性的，一项名为“你最无法忍受的男性缺点”的调查结果显示，在所列出的20项男性缺点中，“长相不帅”以9.33%的得票率排名倒数第一。

这让“直男癌”们很兴奋，你看我说的吧，外表不重要！

但是还有另外19项呢，一位参与投票的姑娘说：“前男友总说我是颜控，让我多看看他外表之外的东西，我去看了，结果惨不忍睹，立马分手了。”

这些外表之外的问题其实比外表的问题还要大。

内心脆弱而不自信，表现出来的却是大男子主义。自己可以出去花天酒地，又赌又嫖，却要求老婆勤俭持家，最可笑的还必须是处女（注意，这是不能说是全部，但基本是绝大多数“直男癌”患者的最典型症状）。

无论从外表上还是心理上，“直男癌”患者们都秉持着双重标准，自己不顾形象，却要对方美艳大方；自己懒惰抠门儿，却要对方事业有成；自己像个小孩儿，却要求对方像个母亲。自我认知与行为之间存在着巨大的鸿沟，他们盲目认为男人的任务是等待、被追随，而不努力改善自身的缺失和不足。

别说深受其害的姑娘们了，身为男人我也受不了“直男癌”。

当生活习惯，审美三观出现偏差的时候，“直男癌”们并不想着去改变、解决问题，培养健康的生活方式和对待他人的正确方法，而是固执地坚持己见，死不悔改。

其他癌好歹还有治疗手段，“直男癌”要是自己没有主动配合治疗的意愿，还真就是一点儿办法都没有的绝症啊。

番外 /

男神进化论

小时候，身边流行高仓健这样的“男神”。虽然那个时候不用“男神”这个词，但大家心目中的男子汉就是高仓健老师那种冷峻刚毅的范儿。走路风衣领子永远要竖起来，脸上的肌肉线条必须像荒原上伫立千年的岩壁，沉默少语，坚强可靠，干完活倒下就死。

更早之前全国人民的男神是朱时茂。就像陈佩斯在小品里挖苦的一样，浓眉大眼，一看就是好人。

这两位男神算是相似类型的，不漂亮，但有型。

那个时候“漂亮”对男人来说可不是褒奖，是桎梏和枷锁。老版《三国演义》里诸葛亮的扮演者唐国强老师，就因为长得太漂亮，被称为“奶油小生”，而深受其害。按唐老师自己的说法，因为高仓健这类男神的走红，他至少被活活耽误了十年……

后来，大家也知道了，风水轮流转真不是句安慰人的空话。

随着生活水平的提高，人们兜里也有钱了，审美的眼光也自然在发生着变化。

从2000年的《流星花园》开始，“男神”这个概念走进了花美男时代。F4各种长发飘飘搔首弄姿，再加上韩剧里的漂亮“欧巴”们推波助澜，漂亮男神们开始大行其道。

搞得原来长得的确不咋地的艺人们都开始嫌弃“实力派”这种称呼，一个劲往“偶像派”上靠，至少也得弄个“偶像+实力派”，否则有种长得丑一辈子翻不了身的感觉。

而现如今，“男神”的标准进入了“大乱斗”时代。黄晓明可以叫男神吧？孙红雷也可以啊！姜文也没问题啊！就连浑身是戏的葛优大爷也会莫名其妙地被挂上“男神”的title（标题）。别说广大人民群众看不懂，连这些“男神”们自己都晕菜。

到底“男神”的标准是啥啊！

说个外国男神吧。

阿多尼斯是希腊美男子，身高190厘米，如花一般俊俏雅致的五官，让世间一切美丽的事物和人物，在他面前都会羞愤自尽。

这位男神对谈恋爱没兴趣，最大的爱好就是打猎。

有一天，维纳斯偶遇风度翩翩的阿多尼斯，当场被电晕倒地。阿多尼斯挺不好意思的，就在边上“蹲尸体”，等着维纳斯苏醒。

结果美神醒来后第一件事，就是拼命劝说阿多尼斯跟自己好。阿多尼斯觉得这个女人好烦啊！甩手就要走。

维纳斯一把拉住，眼泪汪汪地说：你别走，我预感你会死掉。还是留在我身边，让本宫守护你吧。

阿多尼斯才不信呢，掉头就跑，结果上山打猎被野猪咬死了……

维纳斯哪受得了啊！于是让阿多尼斯每年春天复活，秋天再回到冥府。

阿多尼斯从此成了植物的守护神，流传后世的美男子，西方神话里的“男神”。

这个故事告诉我们，其实外表如何并不重要，但“男神”标准的底线是：要喜欢女人……

你是真傻还是天真

> 调侃土豪，
> 是因为我们还没能成为土豪。

一个穷人和一个富人结伴而行渡过一片沙漠。

富人不但有水，还带了几个西瓜，穷人什么都没有，亦步亦趋地跟着富人走。富人吃完西瓜解渴，随手把西瓜皮往后扔，穷人想捡起来再啃啃，富人嚣张地呵斥，还往西瓜皮上撒尿。穷人忍受着富人的羞辱，等富人逞够了威风，收起被尿淋透的西瓜皮存在包里。不久西瓜就吃完了，富人开始喝水，穷人拿出被尿过的西瓜皮小心翼翼地汲取里面的一点点水分，富人斜着眼旁观，冷笑。

当富人把水也喝完的时候，沙漠还是看不到尽头，穷人的背包里却还存着不少西瓜皮。

最终，穷人靠这些被尿过的西瓜皮走出了沙漠，富人却渴死在了茫茫黄沙之间。

这是我小时候听过的一个故事。

一个多么扯淡的故事啊！

罗素·康维尔是美国费城颇有影响的主教，他说过以下几句话：“在美国，没有一个穷人不是因为他自己（或其他人）的缺点而变穷的。而美国的100个富人中98个是诚实的，这就是他们成为富人的原因”。

这简直，就与我从小接受的教育，背道而驰。我从懂事的时候就被告知，穷人们都是善良的，有钱人一律视财如命、贪婪吝啬，甚至穷凶极恶。看到罗素·康维尔这段话以后，吓得我赶紧翻了翻咱们先哲的语录——衣食足而后知荣辱，仓廪实而后知礼节。

倒回去看看历史，我发现也有着同样有趣的现象。从大历史的角度来看，有个名叫“马尔萨斯陷阱”的理论：当土地无法负担人口增长的时候，饥荒和战乱就接踵而至，乱世便到来了；随着人口锐减，人均土地增加，紧接着就是繁荣昌盛的大建设时代，就是盛世。

在工业革命之前的人类历史，都是在这个怪圈里循环，中国的唐朝、宋朝、明朝和清朝初期，正好都赶上了盛世阶段，写在历史上的成绩单就很漂亮。

而富人之所以会有钱，大部分也是凭着自己的聪明才智和努力。

不信看犹太人的命运就知道了。

上千年颠沛流离，没有自己的祖国，只好到处迁徙、寄人篱下。无论跑到欧洲的哪个地区都属于外来族裔，被禁止担任公职和从政，只能干点儿小本经营的买卖，做做手艺活。但犹太民族最厉害的就是教育水平非常高，可以没有房子，不能少了教育。只要有智慧，走到哪里都可以靠头脑赚钱。

犹太民族总人口占比全球不到0.25%，但是却获得了全世界27%的诺贝尔奖。思想家马克思是犹太人吧，天才爱因斯坦是犹太人吧，大富豪洛克菲勒是犹太人吧，文豪卡夫卡是犹太人人吧，鬼才导演斯皮尔伯格还是犹太人吧。只要乐意，这个长长的名单可以一直列下去，巴菲特、索罗斯、弗洛伊德各种如雷贯耳的名字赫然在列，这就好像电影《1942》张国立饰演的老东家说的：我现在是穷了，但我知道怎么赚钱，换个地方不出几年，我还能变成有钱人。

“高、富、帅”的高，是基因决定的；富，是后天才能赚到的；帅，一半先天,一半后天,哪怕基因再好,饭都吃不饱,营养不良怎么帅得起来?

每个阶层里的好人坏人，天才蠢货的比例应该差不多才对，凭什么就说富人一定为富不仁，穷人必定心地善良，从统计学角度也说不过去啊。况且一个人的智力除了先天因素，后天教育也占很大的比例，教育是需要消耗资源的，那明显也是富人有更多的财力可以投入其中，更有机会教育出优秀的人才吧。

富人真的这么不堪，为啥大家还努力赚钱呢？安贫乐道才应该是社会主流啊！但我们鼓励奋斗，赞扬上进，虽然财富不能作为衡量一切的指标，但也算是个有说服力的参考项不是吗？如果有人鼓励清贫，一定要小心，对方要么伪善、要么真傻。再说，如果富人的生活这么不值得称道，为什么那么多没钱人想要变得有钱呢？甚至不惜认干爹。

承认财富的好处并没有什么错，何况如果是靠正当途径积累起来的，完全是智慧的一种物质体现。成为富人更多的还是靠头脑，这是最大的财富，也是别人偷不走的宝藏。

土豪传奇

词语的意思也会随着时代变迁而与时俱进。“土豪”这个词在几十年间就经历了从贬义到蠢萌的华丽转身。

曾几何时，“土豪”指的是地方上有钱又有势的个人和家族。

这些人渐渐形成了中国古代特有的士绅文化，在通信不便，山高皇帝远的农业社会，士绅们依靠自己的权威，在老百姓和政府之间，充当着中间人和润滑剂的角色。兴办教育、修桥补路、赈济灾荒、承续文化，甚至警察、城管的事儿他们都干。

可以说，中国的帝制可以存续千年，“土豪”，也就是乡绅们起了核心作用，功不可没。

那按照这个道理，“土豪”应该是个褒义词才对，怎么又成了字典里“富有钱财而缺少文化和正确价值观的人”呢？我们经常挂在嘴边说“土豪劣绅”，好好的乡绅、士绅怎么就变“劣”了？难道是在品控上什么地方出了问题？其实当“土豪劣绅”这个词出现的时候，指的已经不是前头说的那批社会中流砥柱了，那些人从中国的乡村消失啦！

去哪儿了？当然是进城啦！

随着城市化进程开始加快，原来的乡绅们开始涌入大城市，办报、做老师、当记者、担任公职。农村大量的人才流失，但乡土文化要继续维系，只好滥竽充数，把原来不够格的替补上来，大大拉低了绅士们的口碑和“逼格”。

也就是从这时开始，“土豪”一词由盛转衰，成了被批斗的对象。

而如今的中国，互联网连接一切，快速传播流行文化。网络游戏里靠砸人民币刷装备等级，以称霸服务器，虐非人民币玩家为乐的人，被冠上“土豪”的称谓，重新诠释了这个词的意思。

反哺到现实中，有钱没文化的暴发户被统称为“土豪”了。他们热衷于炫耀式消费，用金钱来彰显身份，坚持不买最好的，只买最贵的，“土豪”被南京大学的汉松教授译作贝弗利山庄土包子（Beverly Hillbillies），还真是够贴切啊。

其实“土豪”的出现在经济发展规律里再正常不过了。当年欧洲衰落美国崛起的时候，“老钱”（Old Money）们管《泰坦尼克号》上的美国新富翁们叫“新钱”（New Money），就是骂他们“土豪”

的意思；等到了《了不起的盖茨比》的爵士时代，曾经的New Money蜕变成美国Old Money时，又开始鄙视盖茨比这样更新的New Money了。于是鄙视链条就这样一环扣一环，一直延续到现在，发展成弗兰克在《富人国》里写的，传统行业的富豪看不惯靠互联网发家致富的新贵。

还真是生生不息啊。

但就像我们刚说的，“衣食足而后知荣辱，仓廪实而后知礼节”，“衣食足”和“仓廪实”可是“荣辱”和“礼节”的前提啊，这个顺序不能错，也不会错。有钱了，文化可以慢慢跟上；饿着肚子聊理想，多少有点儿可疑的骗子味儿。

大家是真的鄙视土豪吗？

不。

调侃土豪，是因为我们还没能成为土豪。

人跟人能有多大差别

> 成熟的标志之一，就是知道世界上的人和事，基本不是自己想象的样子，并且当想象和现实对撞在一起时，能够接受现实的不完美。

一个日本的寡居婆婆靠着积蓄孤单度日，偶然得到了邻居赠送的一张演唱会的门票，闲来无事便去凑个热闹。这是一场过气男歌手的演唱会，粉丝基本都是中老年妇女，却有着少女般的热情。

婆婆居然也喜欢上了这个男星，随后自费买了第二天演唱会的门票，又看了一遍相同的演出，但感动更甚。

于是，她从此一发不可收拾，开始了自己追星的生涯，买新衣服、烫头发、重新开始化妆，购买昂贵的首饰、加入偶像后援会……很快，她微薄的存款被花了个干净，而她也因为省钱对自己的健康毫不在意。

终于，偶像又来演出了，婆婆化好妆准备出门，却因为营养不良，昏了过去。醒来后，她不顾邻居劝阻匆匆赶往会场，在半路上却与一辆车险些撞上，而车里坐着的，就是男歌星。

这一历史性时刻终于到来了，男歌星下车后被一张花了妆的老脸吓坏了，而婆婆抓着他的手问道：你今晚唱什么曲目？

这个故事，来自东野圭吾的短篇小说《追星阿婆》。

东野圭吾写这个故事来自他偶然间的一个疑问：为什么在日本，已经从公众视野里销声匿迹的演员和歌手，依然在纳税榜上名列前茅呢？（日本人纳税的习惯真好……）这诧异让他做了大量调查，随后发现这些人通常都拥有一批忠实支持者，其中大多数都是老妇人。

更有趣的是，东野圭吾的父亲从事珠宝加工，有一阵子店里来了个特别的客人，要求把前些日子才打造的戒指重新改造为耳环。不久之后，又提出要求改成胸针，反反复复回炉。最后，问了缘由才知道，这个阿婆为了见偶像不显得寒酸，只好变着法子把旧货翻新花样。

这个阿婆，就是那个短篇小说中主人公的原型。

追星这个词在中国开始出现是二十世纪八十年代，港台文化刚在大陆流行起来，一时压抑了许久的需求火花遇上了娱乐工业，瞬间点燃了追星的烈焰。不过那时拿不出很多钱来咣咣往里砸，喜欢也只能相对含蓄、有分寸。

2005 年的《超级女声》就让这一切进入了魔幻世界，那时我走在路上会遇见人过来给我钱，让我给他们支持的歌手短信投票，热情劲儿已经不是走火入魔可以形容的了，根本是全民癫狂。

追星就像谈一场恋爱，而且是痴狂的单恋。把自己极尽想象的美好与期望投射在另一个人身上，希望那个人就是一切美好品质集于一身的代表，明知道世上没有这么完美的人，但却执拗地愿意相信自己喜爱的这个人一定与众不同。

拜托，人跟人真的能有多大差别？超人只在漫画里才飞翔。

记得少年时看一个作家的游记，说她第一次去欧洲旅行，怀揣着一颗浪漫而文艺的心，在某个风景如画、浪漫到令人窒息的小镇上，看到一个漂亮得不像话的小孩儿，把脸拧得歪歪地在那里擤鼻涕。那一刻她简直无法相信自己的眼睛，这可是欧洲，这么美的风景，这么好看的孩子，居然还会擤鼻涕！表情还如此狰狞！三观都要碎成渣了。

在回国的飞机上，她想了又想，最后被自己的幼稚逗笑了。帅哥不要挖鼻屎，美女不用放屁的吗？明明是自己之前都活在想象里，人家一直都这么生活的，好不好。

聪明人深知相见不如怀念，笨一点儿的不信邪，非要去见见，其实也没事，做好失望的心理准备便是了。成熟的标志之一，就是知道世界上的人和事，基本不是自己想象的样子，并且当想象和现实对撞在一起时，能够接受现实的不完美。

北欧神话里描述诸神与巨人、怪物最终决战，有个很美丽的名字叫《诸神的黄昏》，那是世界毁灭的末日，也是重生新世界的开始。

希望有一天，曾经的偶像在你心中也迎来这样的时刻，而那时就是你自己的毁灭与重生。

谁是脑残粉

据说在中国的互联网上有三类人你是不能惹的，第一种是动物保护主义者，多是极端爱狗人士；第二种，郭敬明的粉丝，被称为四娘粉；第三种呢，就是韩国明星的粉丝。

这三种人有一个共同特点，自己喜欢不够，还不准别人不喜欢，别说开骂了，稍微说两句不中听的，都会引来山呼海啸般的恶意刷屏。好一点儿的跟你讲一大堆歪理，脑子乱的则质问你有什么资格质疑别人，要流氓的就直接问候你祖宗，诅咒你灭门，更极端的还会对你进行人身威胁。

这种现象很耐人寻味了，比如说“粉丝”这个词，英文到底应该怎么翻译？第一种，英文的 fans 直译过来。但这里有个很有趣的区别，在中国的微博上面，关注了你的人都被叫作“粉丝”，但是在外国的社交网站，比如说 Twitter（推特网），加了你关注的人叫 follower(跟随者）。

这就体现出一个微妙的差别，在字典里面 fan 是这样定义的：Someone who admires and supports a person, sports team, etc. 翻译过来就是说，这人是崇拜并且支持某人或者某支体育队的。

而 follower 的词条是这么写的：Someone who has a great interest in something——这人对某事特别感兴趣。

不能惹的那几类人非常符合对 fans 的定义，fan 在字典里还有一句词条叫 to encourage bad emotions or behaviour to get worse，让一些负面的情绪或行为变得更加的糟糕。而在 Twitter 上的那些关注者，他们对人或者对某样事情感兴趣，就像 follower 的定义形容的——great interest in something。上述不能惹的三种人呢，admire, support 非常符合 fans 的感觉——进一步客气地尊称一声：脑残粉。

脑残粉不分年龄与性别，也不分国籍、地域，全世界哪儿都有，但从数量和杀伤力上，好像还是咱国内的拔得了头筹。

结合之前一份数据报告，现在中国网民的结构年龄上是 20 ～ 29 岁最多的，大概占到 30%，但是另外一个比较惊人的现实是，中国网民的学历结构最多的比例是初中生，占到 35% ～ 36%，其次是高中、中专、技校生，加起来比例占到 32%，而大学本科以上的学历只占 10% ～ 12%。

这个时代，偶像已经沦为商品，经历、身世、努力的过程被编造放大，而上述粉丝人群则是精准消费人群。只是再高大的偶像，成功也是属于他的，跟你的人生有什么关系？偶像有闪光点，你身上也有啊！每个人其实都有……

可惜太多人把目光停在了别人营造的海市蜃楼上，忘记了培育自己的茁壮森林。

在爱里认输

> 放眼望去，身边无非两种人，怕输掉一切，想赢得一切。
> 到底，谁能活得好一些，不得而知，但终究都是命运的囚徒。

大刀不算英俊，但魁梧挺拔，胸毛跟腿毛一样浓密，内心却很细腻。大学时，我因为打工认识了他，后来发现我们喜欢同一支乐队，抽一个牌子的香烟，玩同一款网游。

在知道我玩哪个区，用什么角色后，晚上有个扛着斩马刀的侏儒萝莉在游戏里加我，ID（用户名）叫“大刀”。

“我花钱转到你的服务器来啦！咱们一起玩，我带你！”

我看着自己80级的套装圣骑士，和旁边这个只有44级的红发萝莉，有点儿哭笑不得。

之后，我们组建了一个公会，我是会长，不过是个甩手掌柜，几乎啥都不干，从管仓库到发活动公告都是大刀一手包办，刷副本的时候我在语音里骂人，他一言不发地抗怪，拉OT队友的仇恨，以至于很长时间，大家都以为他是我的会长夫人……

毕业之后，大刀去荷兰读硕士，在时差加上垮掉的网速之下，公会在我的英明带领下，很快解散了。没有大刀，我根本管不过来一个公会，不久就把游戏给弃了。

大刀知道后，说了句：可惜。他也把游戏弃了。

圣诞节，我收到他邮来的包裹，一块游戏里圣骑士用的盾牌。

回国以后，大刀跟他的堂兄一起创业，本来话就不多的他，说得更少了。他时不时找我出来喝酒，只跟我才打开话匣子说创业的艰辛和快乐，说他想找个什么样的姑娘……这时的他酒劲上头，满脸通红。

过了一段时间，我再见到大刀，还没开喝他脸就红了，掏出一张照片跟我说，交了个还没毕业的女朋友，大四出来实习，兼职给他们公司做活动的时候认识的……

我一看就惊了——这不是游戏里那个侏儒萝莉嘛！大刀说不是侏儒，妹子一米六三呢。

后来，妹子毕业了，大刀通过家里的关系把妹子安排进了国企。

再后来，妹子的爸爸生病，大刀天天跑医院陪着，快瘦成了一道闪电。

后来的后来，妹子的爸爸去世了，妹子哭得话都不会说了，大刀忙前忙后操办了整个葬礼。

半年之后，大刀带着一脸幸福的妹子，把喜帖放在我跟前，邀请我当他的伴郎。我只能默默地包了一个月的工资给他当红包……

后来，我们很少再在一起喝酒了，他倒是换了份清闲的工作，但一直以照顾老婆为由不再出来厮混。直到，满月酒那天，我看见他抱孩子的姿势比萝莉妹子还专业。

之后，和所有可怕的为人父母的人一样，在大刀的朋友圈里，老婆和孩子成了永恒不变的主题。以至于我为此很生气地谴责他，你怎么堕落得跟已婚妇女似的。

大刀说，我老婆有个小姐妹，长得不错，还是单身，我可以介绍给你，你很快就可以跟我一起晒幸福了！

我感激地打了个字：滚！

在我主动不再约他喝酒的这段日子里，我依旧没有找到可以晒的幸福，直到他主动打电话约我出来喝酒。

这让我很意外，但更意外的是，他平静地告诉我，他老婆爱上别人了。事情发生得很简单，和所有桥段一样流俗，在她洗澡的时候，他输入孩子生日的密码，看了她的微信聊天记录。

倒在地上的空瓶子和我，都在等他做决定。

而他慢悠悠地说道，上个周末我把儿子放到爸妈家，想跟她一起出去逛街看看电影，但她说不想去，我说开车去外地转转，她也说没心情，我也不知道该怎么办好了。结果到了晚上，她突然说想离婚。

好吧，看来我的朋友大刀不用做决定了，他成为一个被决定的男人。

对此，他的回答是：我不想离婚。她不开心我能理解，结婚四年了，我心思更多放到孩子身上了，可能她觉得和我在一起生活比较闷吧。

我的朋友大刀，不多言、不浪漫的这个男人，卖了创业公司一心顾家的这个男人，经历了一场爱情失败。

坐在我面前的他低下了头，沉默，始终沉默。在这样沉默的路边，我的后背隐隐作痛，就好像婚礼当日他那只有力的右手拍在我的后背，反复说道，我的兄弟，你来了我可真高兴。

我无意去推断、分析任何一个结局，或宽慰他要好起来，我们只是在寂寞中一瓶瓶喝着，转着空瓶。我感受着他的痛苦，也感受着他的柔和，这其中一些在慢慢失去，而另一些却渐渐回归。

放眼望去，身边无非两种人，怕输掉一切，想赢得一切。到底，谁能活得好一些，不得而知，但终究都是命运的囚徒。

生活即便有足够的理由使得你可以谩骂、嗔怒，但如大刀，选择了自责改变和放手等待。爱情的失败，成为我们认输的最好借口，也成了我们最好的修行。选择在生活之难中，仍尽力去恩泽他人，你便会成为一个深受命运宠爱的人。

番
外
/

爱让贱人长大

被发好人卡，不是说你是个好人。意思是，你是个对方不需要的人。

你不是水、不是盐，也不是空气，你是个活人，世界上没有任何一个活人在另一个活人的世界里是不可或缺的。

为什么很多好人却被劈腿，坏家伙们却让人爱得死去活来？

你明明那么好，为对方做了那么多，对方却转身离开，投入另一个好像啥都没做，只知一味索取的人的怀抱。

大概是我做得还不够吧，你对自己说。

于是掏心掏肺地付出，变本加厉对那人好，可对方只是逃得更远，离开得更快了。

你小跑着追上去，上气不接下气，可再怎么努力也无法挽回那人了，反倒让自己成了个犯贱的家伙。

你愣在原地，就是想不明白到底为什么，我已经都给你了呀，你还要什么？我连命也一起给你好不好？

那人一个劲儿摇头，你的命我不要，只要你别再来纠缠就好。

到底为什么会分手，其实一点儿也不重要。

爱有无数种开始的方法，所以也有无数个结束的理由。

你们会分手，属于其中的哪一种，并不重要。

过去从来都不重要，再多的甜蜜也已经过去；现在也不重要，除非有笔财产等着分算清楚，结局也不过是分手。唯一重要的，只有未来。因为你需要好起来，等着下一次重新开始，找到对的人，不做错的事。

想要证明爱，应该在相爱的时候，而不是分手以后。在失败的爱情里，千万别有赌徒心理，再多的筹码砸下去也不会翻盘。学会划定界限，及时止损，保留下次再战的实力才是唯一聪明的选择。不管对方对你好不好，你必须善待自己。

真的伤过一次，也就懂了这个动力。

在爱里，什么都可以给你，除了我自己。

是什么样的人，就拥有什么样的感情

> 哪有永远的朋友，哪有永久的爱情，
> 只有永恒的利益。

柏拉图曾说过：人的心愿不外有三，健康的身体，通过诚实劳动获得的富裕，看上去优雅美丽。

现代人越来越将最后一点放在最重要的位置。

说白了，看脸。

在这个满天都是偶像男神的时代，居然还有个长相一般、头发稀少、身材走形的老男人让人欲罢不能地追剧不止。如果你一定要穿越回来告诉我那是真的，我的第一反应会觉得他是汤姆·汉克斯。

结果这男人是凯文·史派西。

一部《纸牌屋》，史派西老师把一个心狠手辣、毫无道德底线的政客 Frank Underwood（弗兰克·安德伍德）演绎得天衣无缝。而剧中 Frank 的妻子 Claire（克莱尔）和丈夫并肩作战，最终成就了老公的总统宝座和自己第一夫人的位置。

这俩人的婚姻就像这部剧的走红一样另类。

许多人讨论 Frank 和 Claire 之间到底有没有爱情。

我觉得没有。

至少他们的婚姻里没有。

在漫长的人类历史上，婚姻其实是个相对比较新晋的概念，是人类社会有了私有制这个概念后才逐渐形成的，所以它从诞生伊始，就一直与利益，特别是财产关系，密切相关。

就连恩格斯也说过，一夫一妻制是不以自然条件为基础的，而以经济条件为基础。

家庭就是一个经济结合体，跟开公司一样。

但是，现代的婚姻家庭，又加入了爱情作为基础的要求。渐渐地，没有爱情的婚姻在人们的概念里变得不道德了。可问题是，爱情并不是一个可以持续的玩意儿啊。

科学家都说了，爱情的保质期就两年。真把这东西当作婚姻的基础，没了就散伙，那不得结完拆，拆完再结，织毛衣呐！

可是，没有了爱情的婚姻，靠什么维系呢？

Frank 和 Claire 堪称这方面的标杆。

Claire 曾经坦诚过嫁给 Frank 的理由，是因为 Frank 在求婚的时候说：

“Claire, If all you want is happiness, say no.

I am not gonna give you a couple of kids, and count the days until retirement, I promise your freedom from that, I promise you will never be bored.”

（克莱尔，如果你只是希望幸福，请拒绝我。我不会让你生很多小孩，数着日子等退休。我保证给你选择的自由，我保证你不会对生活感到厌倦。）

求婚都求得这么另类，可能这话说给没有放弃婚姻里爱情幻觉的姑娘们听，会挨打。

但 Claire 被打动了。她也不是一般女子，她的野心并不比男人小，甚至比大多数男人要大得多。这也解释了为什么她可以容忍自己的老公去睡小记者，为了保住 Frank 的地位不惜废掉自己辛苦建立起来的基金，甚至不惜在全国电视网上坦诚自己曾被强奸的往事。

容忍自己老公的不忠，为了老公的地位甘愿惹上诉讼，拦住老公揍强奸犯还要跟对方谈笑风生。只有爱情，还能干出这些事的，除非是傻子。

但站在共同利益的角度上来看，这叫审时度势。

就像中国曾经把“孝”当作治理天下的大旗一样，如今美国的繁荣是建立在一个个以家庭为单位的小经济体稳定之上的，所以作为选民代表和国家领导人，自然要在这个方面做出当仁不让的表率，婚姻不过是种形式，是他们维持良好形象，往权利最高处攀登的基石。

Frank 和 Claire 之间偶尔也会因为感情问题爆发不愉快和争吵。但作为一荣俱荣、一损共损的利益共同体，爱情这东西在他们的婚姻里实在太渺小了，在俩人共同追求的大目标前，显得那么微不足道。

哪有永远的朋友，哪有永久的爱情，只有永恒的利益。

觉得我太拆毁婚姻的美好了？

不少看过《纸牌屋》的女性朋友都说羡慕 Claire，想做她那样的女人。

我在心里想，怎么可能呢，连男朋友多看别的女生一眼都吃醋半天，还要学总统夫人？别闹了。

关于婚姻究竟是应该爱情至上还是利益为先，我无意评说哪个更好，只能说，是什么样的人就做什么样的事，拥有什么样的感情，建立什么样的婚姻。普通人就会有普通人的烦恼，也有属于普通人的快乐，追求的目标越大，需要承受的便越多，一切都是守恒的零和游戏。

写到这里你大概要问我，既然 Frank 和 Claire 之间没有爱情，那这篇文章凭什么叫《总统的爱人》？

因为总统大人这样的政客们的确有个至死不渝的爱人啊，名叫权力。

《纸牌屋》里的潜规则

《纸牌屋》的制作方 Netflix 是一家提供视频资源的网站，它们的宣传语是“Watch TV shows & movies anytime, anywhere”。

翻译过来挺土的一句广告语：随时随地看电视、看电影！

原本还给大家邮寄 DVD 光盘，现在都流行在线观看了，于是 Netflix 也与时俱进地把服务更多地搬到线上，还自己出钱做了电视剧。

而《纸牌屋》在网上一经放出便收获了齐刷刷的赞美，把 Netflix 乐得鼻涕泡都出来了。很多美国人喜欢这剧其实说起来有个让中国观众很崩溃的原因，这剧居然是一口气拍完，还一起放出来的哎！（中国观众高贵冷艳地表示：我们的电视剧都是这么干的！）

要知道在美国电视剧一般都是电视台出钱拍，一周一集，春季和秋季播两个 Season（季），所以美剧一季的集数都不多，十来集而已，不像中国都是先拍好三五十集，再卖给电视台一天两集三集这么狠命播，人家的电视剧制作周期长，宣传力度大（经常能看到新剧上线之前各大城市的重要位置打出户外广告），周边开发好，最关键是拍得精彩，所以一家老小太阳落山了在家蹲守电视机前头等看片，算是美国人传统天伦之乐的一种。

Netflix 由于不算是传统的电视剧提供方，对一般的美国电视观众来说有点儿陌生，就好比中国的观众朋友们都习惯了看中央电视台和各大地方卫视的电视剧，突然优酷、搜狐、爱奇艺这样的网站宣布自己花大价钱拍了部连续剧，大家伙快搬凳子来我们这儿看吧！大家的第一反应通常都是：能不能行啊你？

所以 Netflix 必须得花点儿心思来想与众不同的宣传点（虽然一个网站砸几千万美元拍连续剧已经挺花心思、挺与众不同了）。

《纸牌屋》这个剧最大的噱头就是号称是用大数据提炼制作，Netflix 宣称自己研究了用户的使用习惯，觉得买下英国的剧本，让美国影帝来演，请大卫·芬奇这样的大腕来导，最能满足大家的需求，于是豪掷一笔钱做了这部戏，果然取得了巨大的成功啊！

呵呵！你信吗？反正我是不信的。

Netflix 又不是第一次拍电视剧，《Arrested Development》（《发展受阻》）从 2003 年开始折腾到现在，都拍第四季了，有人知道吗？啥？你说那时候还没有大数据这个概念！《Hemlock Grove》（《铁杉树丛》）是 Netflix 跟《纸牌屋》差不多时间开始拍的剧，总有大数据做支撑了吧，有人看过吗？所以什么大数据不大数据的，就是个宣传噱头，这部剧的成功真正靠的是三样东西：剧本、演员和运气！

演员在前头已经凶恶地夸奖过了，还是来说说剧本吧。《纸牌屋》原本是英国作家 Michael Dobbs（迈克尔·多布斯）的政治小说三部曲，《纸牌屋》只是其中的第一部，后头还有两部《To Play The King》（《玩转国王》）和《Final Cut》（《最后一击》），电视剧只取了第一部的名字，对整个片子而言非常合适。

甚至在中国《纸牌屋》还有个恶搞的翻译叫《棋牌室》，我觉得也挺好，很萌啊！政治场上的博弈就是在玩弄权力，每个人都尽量藏起自己的底牌，偷看别人的。《纸牌屋》这个翻译有种命悬一线，危如累卵的紧张感。而《棋牌室》则戾气全无，输赢易手的局结束，只剩下一场游戏一场梦。

英国版的迷你剧已经是上个世纪末的作品了，有不少牵涉英国皇室和铁娘子撒切尔夫人的内容，也非常精彩。

美国版虽然故事的大致脉络跟英国版是一致的，但本土化得非常成功，Frank Underwood 作为多数党党鞭，帮助总统上位，却没有得到被许诺的国务卿位置，于是凶残地报复，看完第二季才知道，打从一开始他的目标就不只是当国务卿那么简单，或者混个副总统干到退休，他就是盯着总统的宝座在狙击。

一路上阴谋诡计、谎言利诱、杀人胁迫，就像不少人说的，这剧里从主角到配角，没有一个是好人，第一男主角 Frank 更是王八蛋中的王八彩蛋，为了目的不择任何手段，利用出卖自己身边所有人，可是……看到他一次又一次地迈向胜利，为什么就觉得这么过瘾呢？难道我也是内心阴暗的死变态吗……

可如此受到观众追捧的神剧，在当年的美国电视最高奖——艾美奖的评选中，却惨透了。虽然我承认《绝命毒师》也很棒，《生活大爆炸》更是没的说，但《纸牌屋》在所有奖项上颗粒无收。就先不说制作水平和影片质量了，大卫·芬奇可是参与导演了呀！况且像凯文·史派西这样的大影帝，奥斯卡都认，屈尊出演了电视剧，却直接被忽略得这么夸张，有没有搞错！

没办法，谁让Netflix就是个视频网站呢。电视剧这种玩意儿是各大电视台的传统玩法，规则都是他们定的。你是行业新人，有才华怎么样，有观众又怎样！杀杀你的锐气先！

这就是行业潜规则，让一票大腕演员、著名导演和呕心沥血的剧组成员铩羽而归。各大奖项也是一座座纸牌屋，被政治手段和利益规则所控制，想玩吗？先交学费吧。

突然想到《纸牌屋》第二季里，Frank对着镜头公然发出鄙视的那句内心戏：民主真是被高估了。

世界不急，
你急什么

也许你爱这个世界，可他没把你当回事。

也许你恨这个世界，可有人在这个世界上深爱着你。

这不是他的恶作剧，他是怕你走得太急，反而掉了队。

他只是想告诉你，慢慢来，比较快。

谢谢你与我为敌

别把生命中的敌人当成一种诅咒，这也是上天的一种恩赐，智者从敌人身上学到的，远比愚者从朋友身上学到的还要多。

James Hunt（詹姆斯·亨特）一头金发，高大英俊，脾气暴躁却散发着令人无法抵挡的魅力，他一辈子睡了5000多个姑娘。

按照每天一个的数量来计算，5000个姑娘需要不间断睡上将近14年，这还不算睡重复的。据我所知，好像只有从事岛国动作电影的资深专业男优，才有这样傲人的工作成果。而Hunt先生在睡姑娘方面顶多算个兼职，他的本职工作是赛车手，1976的F1方程式大奖赛世界冠军。

在F1的黄金年代，曾闪耀着一对双子星座，James Hunt就是其中一颗。他凭借着英俊的相貌、旺盛的精力和放浪形骸的私生活，在赛场内外叱咤风云。

有句话叫："认真可以，但不要任性。"偏偏，James是个不认真却极其任性的家伙，他人生的座右铭是——Sex, Breakfast of Champions（性爱，是冠军的盘中早餐）。当初，处于事业上升期的James也想过收收性子，于是他选择了结婚，对象是个退役的模特，名叫 Suzy Miller（苏西·米勒），长得颇似已故的戴安娜王妃，俩人相识不久便闪婚了。

事实证明，江山易改本性难移，James 这种人天生不适合婚姻。

婚礼当天 James 喝得晕晕乎乎上教堂，就差让伴郎架着他走完全场了。然后，蜜月期间，他丢下娇妻跟死党们去鬼混，最后连 James 自己的亲妈都看不下去了，坚定地跨越了传统婆媳矛盾，站在自己儿媳妇这边怒骂自己不负责任的亲儿子，这场婚姻彻底沦为闹剧。

最后，这场闹剧以一种更为狗血的方式收了场。

James 把 Suzy 以一百万美元的价格卖掉了——你没看错，就是卖掉了……

英国演艺界著名采花贼 Richard Burton（理查德·伯顿）看上了 Suzy。这采花贼哥们儿演过《1984》、《最长的一天》，好吧，也许这些你都不知道，他曾经是伊丽莎白·泰勒的老公！

为了得到别人老婆，他专程给 James 打了电话，俩人大概是这么交流的：

Richard：哥们儿，你老婆不错啊。

James：还行。

Richard：我是真挺喜欢的，让给我怎么样？我愿意出一百万！

James：什么！你再说一遍！

Richard：一百万美元啊……嫌少？

James：成交!!!

Richard：……不许反悔啊！

最好的生意是双方都觉得赚了便宜。

James 摆脱了束缚和麻烦，Richard 得到了梦寐以求的女神，至于 Suzy 到底怎么想，谁在意呢。

离婚之后，James 更加肆无忌惮了，在他一生中最重要的那场比赛——1976 年东京 F1 收官站前夕，James 在东京希尔顿酒店里全力以赴地备战，方式是，没日没夜地睡空姐……这家伙挑选东京希尔顿下榻就是因为这里是英国航空公司的接待点，空乘都会在这里休息。

而在正式比赛即将开始之前，James 还在更衣室里与一位日本年轻姑娘进行身体交流，体验异域风情。完事之后，他穿好赛车服，跑出去哇哇一顿吐——比赛之前的呕吐，据说是 James 的仪式，其实估计是因为紧张加上纵欲过度。抹抹嘴，他跳上车开始比赛。最后，他以一分的优势力压自己命中的宿敌，奥地利人 Niki Lauda（尼基·劳达），成了当年的 F1 世界冠军。

James 的品行在很多方面都符合国人对于臭流氓的定义：酗酒、打架，还卖老婆，与众多漂亮姑娘轮流发生关系且坚持是不正当的那种。但换一个角度看，他也集风趣幽默、不拘小节、真情至性于一身，用“坏男人”的魅力征服了女人们，而用自己在赛道上的实力征服了男人们——除了 Niki Lauda，双子星座的另一颗耀眼之星。

上帝太爱天才们了，怕他们独自身在人世间太孤独，所以天才或者大师们都是手拉着手一起出现的，Niki Lauda 就是与 James Hunt 辉映的那颗耀眼之星，而更有趣的是，Niki 是 James 截然不同的反面。

Niki Lauda 出生于奥地利的名门望族，爷爷是当时著名的企业家。他从小痴迷赛车，长大后更是不顾家族反对，毅然决定要成为一名赛车手。

为了让他放弃，家里甚至断了 Niki 的经济来源，但 Niki 的幸运在于，他是那种天生知道自己想干什么的人（James 也知道），Niki 自己贷款买赞助加入车队，成为付费车手。他的厉害之处在于不但会开车，还会自己调车！之后，他加入了法拉利车队，1975 年获得了 F1 世界冠军。

Niki 身上有日耳曼人那种令人发指的一丝不苟，也严谨得让人觉得乏味。和风流倜傥的英国美男子 James 不同，奥地利落魄富二代 Niki 的生命里只有赛车。虽然他跟 James 一样，在第一次婚姻的时候娶了位模特太太，但他比赛完就回家，不参加任何声色犬马的庆祝活动，回到家也只在车库、花园闲溜达，最多跟狗玩一会儿，他一直被太太抱怨刻板无趣得令人发指。

更让人想不到的是，作为世界上开车最快的职业赛车手，平时 Niki 开车就像个刚拿到驾照的老头，缓慢平稳、安全第一，被人嘲笑的时候他会反唇相讥：你又不给我钱，我干吗开那么快！

只有到了赛场上，Niki Lauda 才会切换回赛车手模式，开启自己的飞车天赋，可即便如此，这个奥地利人也像一台走时精准的石英钟，精确算计着一厘一毫的可能，每次比赛都把危险系数控制在 20% 以内，多一点儿都不干。

直到1976年，他与James Hunt一整年的传奇战争。

单从赛车技术上来讲，Niki比James要胜一筹，James的风格很像现如今同样知名的英国赛车手Lewis Hamilton（刘易斯·汉密尔顿），猛踩油门，不管不顾，大不了同归于尽，属于典型的亡命之徒，而这是Niki绝对无法接受的比赛方式。奥地利人信奉精准计算，稳扎稳打，所以在1976年的前段场比赛中，Niki都领先James，直到在那段德国有着“绿色地狱”之称的纽伯格林赛道上，Niki Lauda出了意外。

在雨中，Niki的赛车失控翻车，之后又被两辆后车追尾，Niki在超过800摄氏度的大火中被困一分钟，等被救出来送到医院，医生断定这人基本是废了。神父赶来，准备送他最后一程好上天堂，Niki在心里嘶吼：老子还年轻，还不想死！所以，他硬是骂出一句：滚蛋！把神父给骂出去了。

这种伤势，一般人就算挺过来，这辈子也就这样了，所以Niki被断定职业生涯走到尽头了。当他42天后出战F1意大利站的比赛时，所有人都不敢相信自己的眼睛，而在那一站比赛，他居然还拿到了第四名！

Niki奇迹般迅速复出和James的出色表现所带来的刺激是有很大关系的，虽然在之后比赛里Niki都没有拿过第一，但直到最后东京站的比赛，他都排在积分榜的首位。而James只有拿到至少第三的成绩，才能击败 Niki 成为当年的总冠军。

既然 James Hunt 是 1976 年 F1 的总冠军，所以他在东京站比赛战胜了 Niki Launda 咯？

答案是：没有。

东京富士山赛道当天气候条件极端恶劣，大雨，山风，还起雾，这样的天气别说赛车了，就是普通开车都很危险。而 Niki 在一开始就退赛了。对他来说，冠军没有那么重要，降低风险才最重要。

他的退出成全了拼命三郎 James，也成全了他自己。

1976 年，这俩人戏剧化的竞争，永远载入了赛车史，被后人津津乐道。

那之后俩人的状况如何呢？

Niki Lauda 在 1977 年和 1984 年又赢得了两次世界冠军，出了好几本赛车方面的专著，还创办了以自己名字命名的航空公司，如今是梅赛德斯奔驰的名誉主席，两个儿子也都在赛车界，完全是人生赢家的架势。

James Hunt 不久之后就退役了，继续着风流人生，娶了第二任老婆，生了俩孩子又再次离婚，曾试图重返赛场却失败了，后来教过一段时间的赛车——莱科宁曾是他的学生。之后，他投资失败，去 BBC（英国广播公司）做了主持，直到 1989 年，遇到一个叫 Helen Dyson（海伦·戴森）的姑娘，开始改变自己的生活状态，戒烟戒酒，饲养宠物，完全是要浪子从良的节奏，而就在 1993 年，他向 Helen Dyson 求婚成功的第二天，James 心脏病突发去世了。

这对曾经 F1 赛场上的双子星座，拥有截然不同的性格和人生，一个如同烈火一般炽烈，一个像冰川一样冷冽，他们都是世界冠军，却信奉不同的人生信条。

Ron Howard（朗·霍华德）导演的关于俩人的传记影片《Rush》（《极速风流》）的最后，Niki 对 James 的一番描述精彩绝伦："他依然把每一天过得像自己生命的最后一天那样，当我得知他 45 岁死于心脏病时，我并不吃惊，我只是伤心。人们总是把我们当作对手，但他是我喜欢的少数人之一，也是我尊重的少数人之一，他是我这辈子唯一嫉妒的人。"

这简直就是一个奥地利双鱼男对被人黑到死的英国处女男的一番深情告白，但我更喜欢的是电影里的另一句话：

别把生命中的敌人当成一种诅咒，这也是上天的一种恩赐，智者从敌人身上学到的，远比愚者从朋友身上学到的还要多。

番外/

你好，宿敌

我们的一生至少有一个敌人，运气好会有两个。

跟你注定要斗一辈子的那个敌人，是你自己。

另一个，就要看老天给不给你那个福分去拥有了，名叫宿敌。

美国独立战争的时候，华盛顿将军领着缺粮少药的一群民兵，最终打败了齐装满员、实力远胜自己的英国正规军。英国人不爽极了，最后投降撤军了还嘴里不干不净地“Yankee”、“扬基”骂个没完（伦敦土话中的 Yank 一词演变成化粪池，进而成为侮辱美国人的新绰号——“烂货”），意思是你们这帮“乡下土包子”！

美国人一听乐了，不但自称起了“扬基佬”，还唱起了“Yankee Doodle”（扬基歌），那意思是，我们不是烂货吗？我们不是乡下土包子吗？你们连烂货都打不过，那你们是啥呀？

从此美国人就很开心地以 Yankee 自居了，每在嘴里遛一遍这个词，听着像自嘲，其实是在打英国人的脸呢。

是啊，赢了蠢货不代表你有能耐，要是还输了，你岂不是连蠢货都不如？

只有胜过实力强劲、势均力敌的对手才显得自己有本事。

对手是需要尊敬的。

有个厉害的宿敌是件很光彩的事儿，说明你有被对方肯定的实力。就像 James 和 Niki，争来斗去，都拿了世界冠军，还成了传奇。如果在篮球场上你被乔丹、科比、林书豪这样的人视为宿敌，是一种多么大的荣誉，总好过只有打赢隔壁还没发育的小学生的能耐。

拿什么来毁灭世界比较快

> 那些永远不愿意选择的人，
> 只能等别人来选择你。

程心，是我这辈子最讨厌的女人。每每念起她的所作所为，我都想用宇宙大爆炸的气势在她耳边追着骂上 32 光年的“Bitch（恶毒的女人）”！

幸好，她活在一个虚构的故事里，这个故事就是刘慈欣的《三体》三部曲的第三本《死神永生》，她是女主角。

在中国这样一个没有科学精神的土壤里，居然能诞生一部世界级科幻奇葩，这本身就是一个奇迹。

《三体》以恢宏的世界观，奇绝的想象力，征服了许多人，梁文道在节目里推荐过此书——此书已经超越了一般意义上的科幻小说、青少年读物，就如同严锋教授在《三体》序言里所写的：刘慈欣一个人单枪匹马把中国科幻带向世界高度。

所有的伟大作品，最后一定指向人性。

这个故事有着一个看似常规的科幻主题：外星人要来占领地球了。

可外星人没有一次真正意义上的出现，所有的情节都围绕着这个大命题下人类的千姿百态与最终选择。

而我最讨厌的这个女人，竟然是人类选出来的救世主。

三体人是距离地球只有四光年距离的高级外星文明，但他们有一个悲催的生存环境，他们的星系里有三颗太阳，于是无规则的引力运动千百次毁灭了它们的文明。后来，它们知道了地球的存在，那里有着一颗太阳的稳定星系定居环境，于是他们不惜一切代价航向地球，为了延续自己的文明。

根据宇宙间的法则，所有文明为了保护自己，必须消灭另一个文明。三体人没有一秒钟的犹豫，就开始向地球发动了攻击。而身为“救世主”的程心因为害怕背负毁灭两个文明的压力，当场放弃了选择。

这是程心的第一次选择。

要知道，就连一个努力抢救病患的医生，在最后无能为力看着病人死去时都会背负巨大的心理压力，两个星球无数生命的存续又不是装满卫生纸的购物袋，那么容易背起来吗？

这女人在选择的时候，压根儿就没想清楚。

这第一次选择看似是因为善良，其实根本就是她的无知和软弱造成的。

于是，人类开始了苦难岁月。

地球人根据三体文明的要求，必须全体移民澳大利亚，资源匮乏，混乱丛生，最后只得把彼此当作粮食，文明崩溃。直到，另一波逃亡的地球舰队公布了三体文明的坐标，三体人害怕更高文明的毁灭打击，开始亡命星海，顾不上侵略地球了，地球人才暂时得救。

而此时，另一条救赎之路出现了——人类如果能够研制出光速飞船，就还有生存下去的可能，虽然只是很少人。

程心又面临了第二次选择，是让少数人逃脱，在茫茫宇宙间保全地球文明的微光？还是选择不冲突、不流血，为了大多数人活下来而放弃光速飞船的研究？

"她感到天昏地暗，陷入深深的恐惧中。'失去人性，失去很多；失去兽性，失去一切。'"

程心第二次的选择，是交出一切。

会这么选择，是因为她不愿意看到同类相残，害怕两拨剑拔弩张，互不相让的军队自己先分个你死我活。

大家有话好好说嘛，伤了和气多不好，要是打起来伤了花花草草那就更不好了嘛。那谁，你们先挑起的争端，不管对错，先惹事的就是有责任，你们快认错！这第二次选择，看起来是为了维护和平，其实是因为程心的狭隘和短视。

每次看到这里都忍不住要骂娘！

两次救赎的机会，两次无比珍贵的选择，都让这女人给毁了，而她所秉持的理由，是不愿意看到生灵涂炭，物种毁灭。

两个选择，两次行为，都处于一个相同的动机，她高举的大旗是——“爱”！在这面看似轻飘飘没有分量的旗帜下，所有人却被压垮了，战士们无力地放下手中的武器，智者们流着眼泪摇头叹息，他们如何反抗呢？一切都是那么正义，那么顺理成章，我是在挽救生命啊！

可结果呢？没有人因此幸存，除了程心自己，世界因此毁灭，在她所谓爱的名义之下。

首先，敢于做出决定，而不是只做出正确的决定。那些永远不愿意选择的人，只能等别人来选择你。你可以不必选择，反正其中有某个人必然会做出选择，到时，你接受就是了。

那么多人在说着，唯有爱才能拯救世界。可也别忘了，在所谓“爱”的旗帜下，也非常容易包藏着一根根名叫“软弱”、“无知”、“狭隘”、“短视”、“控制”的毒针，一个不小心，恐怕有更多大大小小的世界就这样悄无声息地被人为地毁灭了吧。

没有人有权利理直气壮地去替别人决定人生，你不乐意，别人也不乐意，所以让自己不被毁灭，也别去毁灭别人。

特别是在“爱”的名义下。

番外 /

爱的宪法

外婆 70 多了，身体健康，总是担心我们的生活，因为她爱我们。

我们和外婆并不住在一起。

外婆会在大热天一声不响地来到家里，把我们来不及洗的衣服通通丢进洗衣机，洗好晾出去，把认为我们没有彻底清理的灶台煎锅重新弄一遍，我的每样东西她都会擦好放到她认为合适的地方。

因为她爱我们。

每次见到外婆，她都问我，你什么时候成家啊？别人家像你这样年龄的人都有孩子了，你怎么还单身？我每晚都想你的事情想得睡不着，时间长了就身体不好，你就不能让我省点儿心吗？

我埋头吃饭不敢辩驳，因为我知道，她爱我。

我没敢告诉外婆的事情很多，比如放在外面的脏衣服不是忘了洗，是必须送去干洗，不能直接扔进洗衣机；我不是没有把灶台煎锅洗干净，上面那是特殊材质，不能用钢丝球猛搓，会破坏涂层；我的耳机外壳是金属拉丝，不能用抹布直接擦，会刮花；我东西的归置也有自己的逻辑，经常在外婆来忙完之后，我和我爹就会找不到自己的东西，最后发现他的皮带、衬衫收在我柜子里，我的内裤、袜子放在他床头。

这些因为外婆爱我们，我都不能说。

我甚至不能说，恋爱、结婚都是我自己的选择，不能为了谁而做，哪怕是最亲的人都不行。

其实，任何一种爱，它如果宣称放弃自己，都是可怕的开始，因为最后它必定也会要求你放弃自己。

爱不是劳改营，给予爱的一方也不是看守，某一个人必须接受改造以变成新人。爱更像共同利益很多的人在一起，不得不合作，但又有分歧，他们怎么容忍对方，怎么消化不同，怎么妥协，反而显得重要。

爱是如此珍贵，所以它值得宁缺毋滥。

有了名利又怎样

> 如果虚荣是你的出发点，无论往哪个方向努力，
> 都不会填满你心里的空虚。

萨克雷的代表作《名利场》（*Vanity Fair*，又译《浮华世界》）讲了这么一个故事，Rebecca（贝姬）出身于一个下层家庭，父亲是画家，母亲是舞娘，还双双早逝，在世上留下这么一个聪慧而略有姿色的女儿成长在寄宿学校，经常受人白眼，她的人生目标就是混入上流社会，改变命运。

其实一开始的时候，Rebecca 并不想也不指望能够成为上流社会受人瞩目的交际花——她只是想嫁给另一女主 Amelia（艾米利亚）的哥哥，居有定所，能吃上肉，喝到不掺水的酒，哪怕是定居遥远的印度也没关系。Rebecca 只想过上中产阶级的生活，仅此而已。

可惜，那个懦弱的印度收税官最后也没能向她求婚。

Rebecca 的期望破灭了一次，心也硬了一层。

于是第二次，她选了看上去可继承大笔遗产的富二代 Rawdon（罗顿），迅速结婚后，丈夫那富有的亲爹，居然对她跪地求婚。早知道就直接嫁这老头子好了，反正都是为了钱，熬不了几年，还有个爵士夫人的名分。可谁又会知道老头子的女人那么快就死掉？

这就叫造化弄人吧。

总之，Rebecca 为了能跻身上流社会这个目标，隐忍算计，虚伪放荡，完全就是一婊子 + 心机妹的量产型原型机，最后终于得偿所愿地上位。当拿破仑在滑铁卢战役中失败后，她甚至有机会见了一回国王，登上了人生巅峰，结结实实风光了一阵。

可到最后，她还是藏不住自己的真面目，被老公踹了，打回原形。

作者萨克雷是与狄更斯齐名的英国小说家，收税员的儿子，出生于印度加尔各答，受过高等教育，继承了父亲的遗产，但很快挥霍殆尽，只好另谋生路。他学绘画，再搞法律都不成功，后又从事写作。从富贵到贫穷的人生经历，让他熟悉了社会从上到下各阶层的生存状态。《名利场》的背景和人物，都是他所亲历的。

要知道，这是 1848 年出版的小说，至今一百多年过去了，故事却一点儿都没过时，也是因为萨克雷不以他本人的喜爱或愿望而对人物和事实有所遮饰和歪曲，既不遮掩善良人物的缺点，也不遗漏狡猾、鄙俗人的一点儿可取。(全部故事里没有一个英雄人物，所以《名利场》的副题是“没有主角的小说”。)

其实在每个时代，都重复着这样的剧目，只是女主角的身份从孤儿换成了里弄姑娘或是凤凰男。

Vanity 一词的意思就是虚荣，Fair 是集市，人们聚在一起，用自己的资源堆积出各自的形象来待价而沽，资源多的想要变得更伟岸，资源少的用尽浑身解数，只为了别人的一句赞叹，一撇羡慕的眼神，哪怕抛尽自己的青春乃至一生。

“如果我有 5000 英镑，我也会是一个好女人。”Rebecca 如是说。可她最后有了财富和名望，又怎么样呢？她从底层爬到中产，再杀进上流社会，最后追求到幸福了？无论是哪个阶层，都是来来去去为名为利，没完没了。

如果虚荣是你的出发点，无论往哪个方向努力，都不会填满你心里的空虚。

唯有初心不虚荣

关于虚荣，有人说：“我所理解的虚荣就是不用实事求是的态度去做一些脚踏实地的事情，反而依靠一些虚假浮华的东西来获得认同。”

很多人会把注重外貌当作虚荣，其实谁都愿意跟一个体貌健康、仪表清爽的对象打交道，适当的收拾打扮是尊重。

加上滤镜各种修图，把 P（美化）得连自己姥姥都认不出的照片往页面上传，甚至动刀磨皮，改爹妈的出厂设置，只为别人叫好点赞，夸奖天生丽质的才是虚荣。

很多人会把追求物质当作虚荣，但人都渴望过上更好的生活，追求物质的人，未必是虚荣的，如果只是热衷享受物质世界带来的美好，单纯指向自身的合理满足，就谈不上虚荣。我反倒更喜欢跟纯追求物质的人打交道，因为他们直接，目的性明确，交换公平，不浪费时间。超越自己的能力去追逐不合理的欲望，明明沉溺攀比却矢口否认才是虚荣。

虚荣的根源，是本不属于自己的利益。

有人这么说过：当别人夸你时，你感到开心，是因为对方夸奖的品质其实你并不具备；如果别人骂你时，你觉得愤怒，是因为对方说的正中要害，你无法反驳。

比如被人骂“你不是个男人”，我一点儿都不介意，甚至还能反唇相讥：“是是是，你是男人，你们全家都是男人。”

但有人夸我聪明时，我还是会挺开心的，因为自己内心里知道，其实我并非那么伶俐高能。

虚，本就是不实。

“虚荣就是个矢量，从自己内心深处的自卑出发，指向别人的欣赏和认同，起点异化，终点虚无，整个过程滑稽而丑陋。”

人世间无数的 Rebecca，终归成也虚荣，败也虚荣。

而《名利场》小说里的另一个女人 Amelia，跟 Rebecca 正好相反，出身于富家，单纯得有点儿愚笨，后来老公战死，家道中落，一度跌入了窘困之中，最后人到中年，终于回到了温暖富裕的家庭里，完成了一次与 Rebecca 对应的相反轮回。

我想，那些 Amelia 们最后却获得了虚荣者眼里所谓的成功，恐怕是因为她们的初心就简单清澈，毫不虚荣吧。

千万别高估自己的底线

都是出来混的，
谁都不容易。

江湖传言：智商低看韩剧，假装学英语看美剧，有品位的青年看英剧，傻子才看国产电视剧。

但英国影视产业不景气已经是不争的事实，好多年都没见英国拿出过什么像样的电影了，演员没戏开工，导演没钱拍戏，不少圈里人只好觍着脸跑去曾经看不上的好莱坞指望名利双收，假装忘了自己原来尖酸刻薄说了一堆英式俏皮话去鄙视美国人多没文化。

前辈们有裘德洛、伊万·麦克格雷格。年轻的比如尼古拉斯·霍尔特，演完《X战警》又演《温暖的尸体》；罗伯特·帕丁森，在《哈利·波特》里抢完火焰杯跑去《暮光之城》里斗狼人，其他诸如什么抖森、卷福、缺爷、一美、大表哥、新超人……不提还好，一提吓一跳，感觉在华尔街被占领之前，好莱坞已经成了腐国男星们的"基"地了……

但英国即便是在这样的内忧外患的低迷环境里，也拍出了不少质量奇高的好片子，因为大都是三级迷你剧，被一大波拥趸带着怜爱昵称为“三集片”。

其中的翘楚当属《神探夏洛克》，把柯南·道尔的原著移花接木到现代，保留了原著精髓，加入了时尚元素（比如现代科技，极客精神还有……），塑造了一个彻头彻尾让人欲罢不能的夏洛克，甚至编剧和导演还敢公开在第三季里嘲笑全球观众的智商，你们不是猜夏洛克假死的真相吗？猜呀！猜对了也不告诉你。观众们被狠狠玩了一把，还屁颠屁颠跑去给主创们献花捶腿，对比国内的影视作品，导演们整天被观众嘲笑智商，还想着怎么开启民智构建和谐社会，就知道英国的编剧、导演们厉害到什么地步了。

相比高产精良，越到后头却越无厘头到不能忍的美剧，英剧更加严谨，逻辑清晰，甚至公然玩深刻，还真是了不得的情操。

《黑镜子》（*Black Mirror*）就是这样一部集好看、内涵与档次于一身的英剧。目前只出了两季，共六集，每一集都是一个独立的故事，但整部连续剧的核心思想却是一致的，讨论着现代科技对人的异化与影响。

其中第一部里，有一个黑人的故事，是我最喜欢的故事。

故事里的人们衣着统一，单独居住在一个个被黑玻璃包围的狭小房间里，虚拟场景就是生活里的一切。早晨被屏幕上合成的阳光叫醒，每天的工作就是在一个类似健身房的地方踩单车，以获得生活的点数。

男主角赚了一笔点数，但不知道该用来做什么，突然有一天无意中听到女主角唱歌，被深深打动了。于是他决定拿出自己的全部点数，共一千五百万点，帮女主角买一张选秀入场券，让女主角实现自己成为歌星的梦想。

女主角赛前被要求喝一种饮料，在不知情的状况下被催眠了。最终，形象清新、歌声纯净的女主角当着所有观众的面变成了一个 AV 女优。男主角看着女主角出演的色情片，绝望中挥拳砸碎了房间里巨大的显示屏，当他握住跌落的一大块玻璃碎片时，决心要报复。

他疯狂地踩单车，省吃俭用积累点数，终于又攒够了一张入场券。在现场，他假装已经喝了含有迷幻药的饮料，当着评委们的面，拿出那块打碎的玻璃，以死相胁。评委们却把他的宣泄曲解为一种表演，甚至开出了比当年诱惑女主角更高的价码。

面对这样的诱惑，男主角在长时间犹豫之后，妥协了。

从此，他再也不用辛苦踩单车，他所要做的，就是在固定的时间出现在屏幕上，发泄愤怒。他回到房间后，能看到一片森林，只是这风景，是在一块更大的黑色屏幕上出现的虚拟风景。

在真实世界中，有着一个类似的故事。

美国著名的饶舌歌手阿姆（Eminem），以批判现实、歌词暴力扭曲成名，被许多年轻人视为偶像，他也因此改变了命运，从一个贫苦受欺负的小孩儿，成了富有的流行歌手。成名之后，他的愤怒和控诉却已经成了一种符号，是一种换取更多名声、地位和金钱的手段。

他还愤怒吗？我不知道，可他至少要做出继续愤怒的样子，为了批判而批判，为了控诉去控诉，哪怕愤怒的土壤已经被铲除，空中搭起了摩天楼也要继续建造下去。

阿姆是个白人，唱着黑人的音乐形式，《黑镜子》的男主角是个黑人，过上了白人文明中高级的生活。

谁也不比谁荒诞，谁也不比谁黑暗，这就是残酷。

只要人的生理底层不改，吃喝拉撒、贪慕虚荣的欲望不变，世界依然还是那个世界，只不过技术爆炸加速信息的传递和欲望的膨胀罢了。

千万别高估自己的意志力和底线，也别低估别人曾经的挣扎和努力，这样也会少一些自以为是的正义，也因此更能用宽容的心态打量身边衣冠楚楚的两足兽们。

都是出来混的，谁都不容易。

番
外
/

你诱惑的价码是多少

因为一场失恋，误入了一场真人秀。

总被人问，这节目真的还是假的？是不是都事先安排好的？

我只能回答一句：你觉得是真的，就是真的；你觉得是假的，就是假的。

追究这个又有什么意义呢？

我最大的感慨其实不在于真假，而是舞台太容易毁掉那些还没准备好的年轻人。

这是个全民娱乐的时代，五分钟内，一个人在社交网络的催化下就可以红遍全球。在节目里，看到好多普通人走上舞台，在聚光灯下，被人们的目光异化。

上了两期节目，被一些小经纪人看中，签约就等着当演员出唱片，原来的工作辞了，社会关系断了。左等片约不来，右等单曲难出，等下了舞台，瞬间打回原形，之前积累的全都没有了，更糟糕的是，再也找不回普通人的平常心了。

年纪越轻，越是容易膨胀得厉害，最后已经成了另一个人。

可话说回来，我们面对巨大的诱惑，真的能坚持自我，不妥协？

曾经有个著名的段子叫《别说你不会，只是诱惑的价码不够高》，问给你多少钱，你才愿意离开自己的爱人？一块？一百？一千？一万？一百万？一千万？一个亿？扪心自问，当我闭上眼睛认真去想自己对这个问题的回答时，一千万这个数字已经让我犹豫了……

你的心理价位又是多少？

迷失并不可怕。向来只有“迷途的羔羊”，啥时候听过“迷路的大灰狼”？因为本性纯良，才更容易在面对花花世界的时候迷失自我。我们总有手段可以预防的。

这剂疫苗叫——自知之明。

我跟一个创业的哥们儿聊天，说你这么忙，有空的时候可以打打游戏调剂一下嘛。

他摇摇头，不能玩，我太知道自己了，非常容易上瘾，而且现在的游戏又做得那么吸引人，一旦开了头肯定停不下来，正事保证会给耽误了。

就凭这句话，我觉得他一定是能做大事的。

知道自己的软弱是好的，知道自己的意志力有局限是好的，就如同《圣经》中所言：我何时软弱，我何时得以刚强。

一直忙一直穷

> 在持久力上，聪明人向来处于劣势。一不留神，
> 世界就属于了那些跟自己死磕的“笨人”们。

洋子不是文艺青年，但他开了一家咖啡馆，在一条颇具情调的小街上，莫名地实现了众多文艺青年梦寐以求的情结。

洋子是我结识多年的朋友，但近几年，我们每次见面，他都像打了鸡血一样亢奋，和我聊着各种商业话题，他最具煽动性的就是那句：“你不去挣这钱，钱都让傻瓜挣了。”

而，大部分时间，我的这位朋友一直在忙，也一直在穷。

无疑，洋子开这家咖啡馆，当然只是为了赚钱。

新店人不多，有种包场的错觉，我们就在临近黄昏的日光里闲扯。洋子跷着二郎腿，得意地描绘起他的商业计划：咖啡馆只是个基地，让更多有想法的人在这里认识，形成圈子，投资人可以来这里找项目，有项目的人可以在这里碰见投资的，我这儿供应高品质的咖啡和人脉。

我坐在那家布置简洁而不失情趣的咖啡馆里，看着他在吧台后面忙碌的背影时，我在想一个问题，为什么洋子聪明、有趣、精力旺盛，也很努力，可最困惑他的问题却是：老子怎么就不成功呢？

关于他这个最新的咖啡馆平台计划，我觉得听起来也不过类似一些平台型的网站。而洋子反驳道："网上不靠谱，毕竟项目是靠谈的，都没见过凭什么信任你？除了项目好，还得气场合，来我这儿属于一站式服务，就算没项目，喝到这么好的咖啡，客人也不觉得亏了对吧？"

洋子说的一向都有道理，他是个聪明人。

两个月后，我再次跟洋子坐在咖啡馆里，身边带着项目和钱的投资人并没有想象中多，学生党倒是来了不少。

洋子顺势而为地调整了宏大商业计划："我这里背靠着一所中学，两所大学，最近找了些外教资源，打算把这儿变成会员制，定期做些主题讲座。等名声出去了，我再……"

我点头："你是个聪明人，好好干，没问题的。"

最近一次见洋子的时候，咖啡馆已经卖了。

理由非常简单：来钱太慢。

我很好奇洋子这么聪明的人，下一步又有什么想法。

洋子笑了，我打算做视频！

“那天一个学生在我咖啡馆上网看游戏视频解说，就是把一些很火的游戏对战录像拿出来边看边讲，那个主持人连普通话都说不标准，但一个月能赚十来万！这种游戏解说，只要进来几个傻有钱的土豪砸钱买道具，就能分账赚钱了。等我聚集了人气之后，就在视频里挂自己淘宝店的链接，卖游戏周边什么的产品，一个月入账 10 万算少的，30 万以上的也不是没有……”

洋子的唾沫星子喷起来堪比狮子座流星雨，喷客户口到功成，喷姑娘手到擒来，他轻蔑地拍了拍手边已经买好的剪辑软件的书，“边看边练，一天搞定！”

再见到洋子，视频这份很有前途的工作，还是被放弃了。

最主要的原因嘛，还是因为来钱慢，即便是游戏解说，观众数量也是要养的，少则一年，多则两年，也算是创业初期的沉淀成本吧。

让洋子花两年时间做一件人格上默认的 low（低水平）事儿，他肯定抑郁症了。

这一次，他没有再和我喷那些商业计划了，只是默默坐在路边长椅上，咽下一口汉堡，他有些感慨：我怎么觉得这个世界上的钱，都让傻瓜挣了呢。当初我招进公司的实习生，现在也是区域经理了，薪水已经超过了我，咱们啥时候才能挣到钱啊！

我调戏着盒子里的薯条，无法回答洋子。

洋子当然算是个聪明人，脑中每天都能转出上百个念头，每个掏出来都掷地有声，但在持久力上，聪明人向来处于劣势。一不留神，世界就属于了那些跟自己死磕的“笨人”们。

甘心做个笨人，自有一套生存指南。

比如说我年轻时，觉得一定要逆流而上赢得这个世界，现在却更愿意选择顺势而为，顺势是好运，也是智慧。或许，承认自己笨，会换回一颗平常心，而平常心，才有持久力。

何况，我们想要的生活，从来没有捷径。

番外 /

偷鸡人生

小时候在北方生活，有段时间家家都开始种君子兰。据说有南方来的老板收这种花，最贵的可以卖到上万一盆。在那个平均工资还不满 100 元人民币的年代，养一盆花就能成万元户的诱惑力实在是太大了。有邻居家甚至专门清出一间房来培植君子兰，满屋子葱郁茂盛，我一个小孩儿走进去仿佛到了原始森林，每片长叶看起来都杀气腾腾。

我们家也有一盆君子兰。我爹本来就养花，在家家户户都被君子兰攻陷之前，它就静静地躺在一堆缤纷的花草间，一点儿不起眼，我都没注意过。

发现这盆君子兰之后，我就开始不淡定了，时不时跑去看它长高了没有，是不是健康挺拔，估摸着能不能卖个好价钱。看着这盆花的眼神，好像在看着一沓人民币，计算着可以用它换来多少糖果和玩具。

终于有一天，实在是忍不住了，跑去问我爹，咱家的君子兰能卖了不？

我爹被我问得一愣，为啥要卖？

大家全都在种啊，听说可以卖好多好多钱呢。

我爹乐了，一把把我抱到腿上，儿子啊，咱们认识的人里头，有谁是把君子兰卖了挣到钱的吗？

我摇摇头。

对呀，这花不是啥娇贵的品种，又不难养，怎么会有人肯花大价钱来买？人家自己种不就完了。你再想啊，就算这花能卖钱，现在每家每户都种，比路边的野花都多了，也就不值钱了，谁还要啊？

我歪着脑袋想了半天，觉得我爹真有智慧。

后来证明，“君子兰事件”的确就是一场彻头彻尾的闹剧。

在那之后，直到今天，类似“君子兰事件”的故事在我们这片神奇的土地上还是一再上演，炒股、炒房、传销，不过是一朵浪花之后的又一朵浪花，看着每朵都不一样，其实不过都是咸咸的海水罢了。

有人说，爱情就像鬼，听过的人多，见到的人少。

发财这事儿也一样，江湖上总是有着一夜暴富的传说，稍加推敲却通通站不住脚。

有个犹太朋友曾经半开玩笑地跟我说，中国人大概是世界上最喜欢投机赚钱的民族。我说你们犹太人不是更喜欢投机！他纠正我说，犹太人做生意的秘诀其实是 investment，投资。他的家里都是生意人，而他从小受的教育是不鼓励投机行为的，speculation 这个词除了“投机”

这个意思，还有另一个解释叫“思索”，每一次想要冲动砸钱的时候，一定要先冷静下来，深思熟虑，评估风险，要稳健不要冒进，财富得靠积累。

我开始玩味起“investment”和“speculation”这两个词来，乍一看，还真挺难区分的，但仔细想想，就体会出差别来了。

君子兰其实也可以挣到钱，如果你一心一意钻研种植的学问，投入精力和时间，等有一天培育出了世上独一无二的君子兰，怎么可能不卖钱？这是投资。养一屋子花，一心只想尽快出手，甚至不去想事情的前因后果，可行与否，这就叫投机。

差别在于对事情的态度，更在于心态。

养鸡的人和偷鸡的人，前者可以不断地鸡生蛋、蛋生鸡，后者搞不好就蚀把米。中文也是挺有趣的，偷鸡不就是投机的谐音嘛。

世界不急，你急什么

> 人们急着启动，急着赶路，急着甩开别人，催催赶赶，骂骂咧咧，
> 奔忙了许久，发现已经忘了自己是为了什么而出发。

在国内开车，容易感染一种病，路怒症。

刚上路的人是很难不被这种氛围所感染的，路怒症从握住方向盘的那一刻开始发作，一路按喇叭深切问候他人及其直系亲属们，心里满满都是先除之而后快的腾腾杀气。

开车得有佛心，最好能把每一次上路看作一场艰苦的修行，这样才忍得住拥堵的路况和糟糕的驾驶环境：突然变道不打方向灯，闯红灯抢行，各种见缝插针，甚至还有敢在高速上倒车出匝道口的……经常忍不住怀疑一些人的驾照是不是遛狗的时候在街上捡来的。可碰到不守规矩的司机，你又不好跳下车理论或者干脆锤他一顿，只能狂按喇叭发泄心中的愤懑。

一个在中国生活多年的美国记者彼得·海斯勒，在他写的《寻

路中国》里风趣地描绘了我国公路上这种特殊的按喇叭文化："一个简单的喇叭声，至少能够表达十种不同的东西。一下短促的'毕'声，用以表示引起注意。连续两声'毕——毕'表示愤怒。如果是一阵特别悠扬的'毕————'声，那表示驾驶员遇到了交通拥堵，他已经没有边缝可钻，正巴不得所有的人和车通通消失。如果有'毕——————'声回应，说明他们动弹不得。另有略带口吃的'——毕——……——毕——'声，表示驾驶员除了痛苦就再无别的感觉。还有一种事后才摁一下的'————毕'声，这一般是新手们的做法，他们通常反应迟缓，还没来得及摁喇叭，刚出现的状况就已经自行化解……"

美国人开车历史更长，汽车文化也有别于中国，他们开车很少摁喇叭。

但有一次，我在美国开车，就享受到了美国人难得的喇叭声款待。

在西海岸的旧金山的一个十字路口，我们一个车队四辆越野，我是车队的第二辆，前车冲出路口的时候，我想也没想就跟着前车一脚油门冲出去了——刚开到路口一半，擦着我车的后保险杠过去一辆大卡车，就是《变形金刚》里擎天柱那种，拖着两个大集装箱，差点儿把我连人带车变成大头贴，平铺在异国他乡的柏油马路上。

司机探出头来亲切地朝我挥拳头、竖中指，我猜肯定也问候了生我养我的爹妈和我勤劳智慧的祖先们。

我当时完全懵了，后车导游在步话机里也帮着司机愤怒地谴责：你小子不要命啦！

停车后，导游比我还心有余悸，告诉我刚才的情况有多危险，美国的街口没有太多的红绿灯，汇车基本都靠自觉，横着过一辆，竖着过一辆，再横着过一辆，彼此默契心照，井然有序。

我终于理解了为什么一个美国朋友把开车的亚洲司机列为最不敢招惹的地球生物之三，位列第一、第二名的分别是恐怖分子和生理期的女朋友。

车品，像是每个司机心态的缩影。

高晓松说，中国人开车抢道，美国人开车遵守规则，可大家都是7:30到家，时间上差不多。在美国开过车才知道，高老师完全是乱扯，花费同样的时间，在中国恨不能把路上的司机全都灭门，你争我夺、死去活来地开，也就是开了三公里路，人家美国兄弟气定神闲已经跑完了一个马拉松。

何况满心怨气地一路压抑着砍人的冲动，和气定神闲地握着方向盘，知道一定会有属于自己的车位和道路可以开，天蓝云白，岁月静好，这生活质量能一样吗？

有一天，我在上海开车出门，又被堵在了没有出任何事故的高架桥上，身边的车都在摁喇叭，那一瞬间，我忽然读到了司机们的心声。

在这片土地的每条路上，每个人都怕错过什么，或是被落下，大家唯一确定的就是，不能原地待着，必须做点儿什么，哪怕一味往前开会迷失方向。

海斯勒说，在中国，迷失方向并非是件多么糟糕的事儿，因为其他人也不清楚自己要何去何从。

于是，人们急着启动，急着赶路，急着甩开别人，催催赶赶，骂骂咧咧，奔忙了许久，发现已经忘了自己是为了什么而出发。

只是，世界都不急，你急什么？

慢慢来，比较快

公元2006年，郭敬明开始创办《最小说》杂志，韩寒一边开赛车，一边在网上挑战文坛的老前辈们。

房价开始飞涨，大家都在讨论着怎么发财。

一个20来岁的青年，用自己下班后的业余时间，开始在网上贴连载，一天2000字，写的是历史。

多么不讨好的题材，不就是年代、人名、历史事件嘛，枯燥又无趣，最多也就打开电视看看各种戏说的清宫穿越剧，听听《百家讲坛》上易中天老师侃侃三国了吧。

但人家易中天老师是大学教授，底蕴深厚，著作等身，当然有资格讲历史。小伙子一介草民，默默无闻，大学的专业都是法律，毕业后也是在海关当个小公务员，就凭这，也敢写历史？

小伙子就是写了，一写就写了三年，将近百万字，厚厚的七本，在线阅读超过两亿。他名叫石悦，在网上，有个文艺又苍凉的笔名：当年明月。取自他喜欢的那句诗——“当时明月在，曾照彩云归”。

竟有人可以把历史写得如此精彩！我还记得许多个夜晚，我睡前翻开《明朝那些事儿》，读着读着不觉天已经大亮。中国最后一个汉人王朝三百年的兴衰，在当年明月的笔下磅礴再现，一个个熟悉的名字，朱元璋、张居正、王阳明、袁崇焕，不再是课本里枯燥的记忆条目，而是一段段精彩的故事，鲜活的面孔。

当年明月开创了一个名叫“心灵历史”的新历史解读法，具备一切流行文化的元素，却不是戏说，甚至不是小说，因为它几乎是完全忠实于明朝正史的。

最终，《明朝那些事儿》销量过千万册，成为改革开放三十年以来发行量最大的十五套书之一，被译为日、韩、英等多国文字出版发行。要知道，钱穆先生的《国史大纲》的销量，一年都不一定有100本。

当年明月也在2011年，以575万元的年度版税收入，荣登作家富豪榜第8位。

这一年，石悦33岁。

人生赢家啊！

有才华，迎合市场必定会成功的！

可惜，这是个伪命题。

刚开始写作的时候怎么知道会受人欢迎？一切的解读都是成功之后的附会，甚至石悦在动笔的时候都没想过有一天会出书，还一出就是七本。在枯燥繁杂的史料中翻找线索，且不说这是从中学开始就坚持的童子功，就是一天2000字，还要写得精彩有趣、扣人心弦，这得有多难！

石悦只是觉得：历史应该可以写得好看。

他就这么做了。

随后的盛名对石悦来说，其实是个意外，是他自己从来没设想过的。他只说："做人做事不可太有目的性，上天很公平的，它不会把写作的灵感和对一件事情执着于名利的追求同时给予任何一个人。心无旁骛的人，才能写出好的作品。"

成名之前，他下班后回到独自一人的家中，叫份外卖或者从冰箱里拿晚饭，写作至深夜。成名以后他的生活还是一如往常，平静简单。

相比三个月攒出个剧本就开始出书、拍电影的职业写手们，石悦显得如此格格不入。但他的坚持，却最接近这个时代被人遗忘的真理：

只有走自己的路，才能做好自己。

对时间最大的浪费，是做不属于你的事情，穷尽一生只在效仿别人的步伐，走不属于你的道路。像原地打转的陀螺，努力，匆忙，却周而复始，徒劳无功。

一切
只在终点
才见分晓

你看那颗恒星，明亮得让你睁
不开眼睛。
而你，只是反射着其他星星光
芒的云团。
悲哀吗？别忘了，耀眼的它们
旋转了多久，才聚拢了光热。
更别忘了，你也在旋转，你也
可以强大。
千万别停下！

你真的想要自由吗

> 要想长久地在生活里过下去，
> 就千万别在生活之外寻找答案。

如果有一天，在你面前停下一列号称通往自由的末班车，你上还是不上？

哇！自由！多么令人神往的境界，再没有管束和规则，从此想干吗就干吗，当然上啊！但是且慢，如果你不了解真正的自由，或许你上的，只是一列终结末班车。

有一部片子，或许会颠覆你的想法。

韩国导演奉俊昊用美国班底拍了一部《Snowpiercer》，被译为《雪国列车》，改编自法国同名漫画，讲的是一个关于历史和现代的未来荒诞寓言：人类为了治理温室效应释放冰冻剂，结果失败，地球上大部分人在寒冷中死去，只剩下一辆环球运行的高级列车，用号称永动机的驱动装置运行着。这辆列车上被分为不同的阶级，越往前越是有钱有地位的上等人，往后则是越来越贫困的人们，最后一节车厢的人，衣衫褴褛、肮脏破落，挤在狭小的空间里只能靠吃蟑螂做的蛋白质块为生。

主角 Curtis（柯蒂斯），17 年前登上列车，一直生活在尾部车厢，目睹了人们前几次反抗起义又被镇压的全过程，他判断下一次起义定会成功，因为负责维持秩序的士兵们已经在之前的镇反中耗尽了子弹，而且他还有来自列车前部的策应者送来的指示，于是他带着大家再次揭竿而起。这一次，他成功了。

Curtis 走过了一节又一节的车厢，向着车头，向着胜利。

这过程里，他的世界观也在不断被刷新，越往前走越发现列车前部的乘客们过着车尾的人们难以想象的奢华生活，原来被认为由于寒冷冰冻已经绝迹的事物，依然存在着，比如水族馆、动物园、桑拿SPA（休闲健身中心），甚至还有毒品和夜店，当然，还包括革命者们以为已经耗尽的子弹。

最后 Curtis 知道了起义背后的残酷真相：列车要维持生态循环，就不能让人口过载，所以要定期清理维持 74% 的生存率，这个方法就是革命。Curtis 只是被选定的棋子。和之前所有的革命一样，车头的算计与车尾的牺牲，只是为了得以共同维持列车上所有人的生存。只不过这次革命最彻底，Curtis 是第一个走完所有车厢来到车头的人。

Curtis 无比崩溃，信仰崩塌了，复仇成了一场玩笑。其实他陷入的，是所有革命者们共有的尴尬：罗马不是一天建成的，但毁掉罗马一天就够了。可毁掉了之后呢？你是不是还得再把罗马建立起来啊？

革命是为了反抗制度，而革命成功意味着要建立起新规则，偏偏维持制度又是个吃力不讨好的买卖，相对于维持制度的辛苦，革命本身倒显得轻松多了。

当革命的成本高于革命的收益时，革命会失败；维持制度的成本高于维持制度的收益时，制度会崩塌，没有东西是永恒的。所以Curtis到达权利顶峰的车头时，感到的不是欣喜，是孤独。

片子的结局倒是颇有突破，按照以往这种类型故事的逻辑，只可能有两种答案，要么是革命者选择放弃，制度稍加改善，继续延续，例如“齷齪司机”姐弟的神作《黑客帝国》；要么革命者选择死磕，最终消灭制度陷入虚无的轮回，例如依旧是“齷齪司机”姐弟的另一部神作《V字仇杀队》，而《雪国列车》却开辟了第三种可能，革命者选择与制度同归于尽，把希望留给在列车上长大的孩子们，虽然发展到一定的时候，依旧免不了需要建立起一套制度，但究竟是怎样的制度和相处方式，留给孩子们自己选择吧。

冲着这个结局，也对得起本片在IMDB（互联网电影资料库）上7.4这个不温不火的得分了。而原作漫画里列车共有1001节车厢，如同阿拉伯著名的1001个睡前故事，人对自由的渴望是天性本能，人要建立起制度、规则又是生存的必须，这是两个共生的命题，没有制度的压抑，也就谈不上自由，你本来就没有不自由，还追求什么呢？只有自由没有制度，必定也无法存续。这两个玩意儿拧巴着缠斗不休，就是整个人类的文明史，是过去，也是现在，依旧是未来。

别在生活之外寻找答案

我承认，正文有点儿拧巴。

这种自由和制度的辩论，好像放在辩论赛里让两队倒霉蛋互相撕咬比较合适，跟日常生活关系不大。

那我换一种说法吧，想想那些永远活在未来而错过现在的人们。

玲玲和小鹏是一对恩爱的情侣，恩爱这个词除了用向对方示好来表现，最终极的形式就是吵架。他们俩好了半年，吵架六个月。

说起来也不是啥原则性问题，无非是小鹏烟瘾比较大，当初两人在一起的时候玲玲逼着小鹏戒烟，小鹏答应了。

玲玲的理由的确很充分。两人在一起是考虑结婚的，结婚之后就要生孩子吧！双方父母都着急抱孙子，小鹏也喜欢小孩，可就算是再谈一年，婚后也不能马上就怀孕吧！玲玲指着国外带回来的烟盒，上头除了各种大字体写着“吸烟有害健康”之外，各种畸形的小孩儿照片触目惊心。

小鹏必须戒烟一年半以上才行，不然生个畸形儿出来，父母受罪不说，最后痛苦的还是下一代啊。

小鹏也的确戒过烟，体重猛增不说，人也没精神，这小子从初中开始就偷他爸的烟抽，烟龄翻驾龄两倍的老烟枪，哪是说戒就能戒得掉的？况且他是销售，到处应酬客户，你不发烟人家觉得你不地道，别人递给你烟你不抽显得不给人家面子，其实就是诱惑太频繁。

每次见玲玲之前，小鹏再怎么刷牙、漱口、喷香水，玲玲一准能闻出来，哪怕是两天前抽的，嗅觉堪比缉毒犬。

玲玲觉得小鹏不爱她，一点儿都不在乎俩人的未来。

小鹏实在是烦得够呛，喝多了就吼，我怎么不在乎她了？婚房都买了！因为这事儿，俩人最后还是分手了。

不是因为我是男人所以替小鹏说话。就为这点事儿，真不至于。

小鹏不贪杯，不好赌，对玲玲也一心一意。结婚要孩子是将来的事儿，早打算、早计划是没错，可逼得太紧了，连现在都过不去，还谈什么将来呢？

可能你会觉得玲玲和小鹏的事儿有点儿极端，人跟人之间的亲密相处，可能未必是戒烟，但类似的分歧一点儿都不少。毕竟洁白无瑕的是雕塑，不是活人。二十好几的人了，谁身上都有毛病，谁身上的毛病也都不是一天养成的，哪可能说改就改。就算是驯狗也得有个过程不是。

明朝的张居正改革拯救了走向衰败的王朝，他的智慧在于，改而不改，是为改革。太猛了容易出乱子，咱慢慢来，今天改一点儿，明天改一点儿，一个月就成了件事儿，半年就大不一样了。妥协是政治的最高境界，人际关系也一样。

戒烟这事儿一样可以缓着来嘛，这个星期减少一支，下个星期再减少一支，早晚都可以戒掉的。何必急于一时呢？

更何况，干吗非要用牺牲自我才能证明感情呢？

可惜男人和女人生活在两套不同的话语体系里头，经常会听不懂对方在说什么。

女人觉得你答应我的做不到，说明你不爱我！

男人认为，你真在意我，怎么连点儿时间和空间都不肯给我？

为了你说戒烟就戒了，连兄弟都能掰了，家都敢不要的，那是狗血言情剧，属于生活之外的东西。

要想长久地在生活里过下去，就千万别在生活之外寻找答案。

我们都回不去了

> 人是无法超越自己的能力
> 去拥有世间之物的。

我心目中有个永远的女神，名叫赤名莉香。

一部《东京爱情故事》，此生都难以忘怀。

初看之后，心中久久无法释怀，重温了一遍又一遍，始终无法理解：为什么完治最后没能跟莉香在一起？

于我而言，这也许是懵懂青春里最难解的谜题。

如今，二十年的时光加持之后，我重新回眸，终于弄清了这个谜底。

那个来自乡下的小伙子，在他的家乡爱媛县有甘甜的橘子和纯纯的校园时光，他在东京只有两个熟人，一个是最好的朋友，另一个是暗恋许久的姑娘。第一次来到大城市的他，对未来的生活充满未知，新鲜伴着辛苦，希望包裹不安。

老朋友三上还是那样，长发飘逸，玩世不恭，对感情从不认真，也像所有的坏男人一样，身边永远不会缺少女人。三上是完治生活的反面，如同暗物质，稀少而能量强大。完治和三上本可以和谐而愉快地相处，如果没有里美这个催化剂破坏了平衡。

他们三人一起长大，完治喜欢里美喜欢了一整个学生时代，却没有勇气向她表白，里美就像完治的镜子，怯懦、羞涩而无害。

可惜，里美爱三上。

这时，一个开朗热情，笑起来让人无法拒绝的姑娘闯入了完治的生活。这个名叫莉香的姑娘是他来东京见到的第一个人，莉香喜欢他。完治却没有在第一时间想过会跟莉香发展出感情。

第一，他的未来还不确定。

第二，他的心里还没放下里美。

莉香是对的人，他们却没有相遇在对的时间。

完治的好，莉香知道；而莉香的好，完治却未必能理解。

面对莉香毫不掩饰的爱，完治招架不住，何况在莉香面前，他是不自信的。完治的一切都从零开始，工作上他不像莉香那么游刃有余，感情上也不如莉香勇敢直接，所有这些都让他感到陌生，他没有自信的理由。

毕竟，人都有自己的局限，对完治而言，莉香来自他完全不熟悉的世界，经常令他感到困惑。其实这是他东京生活的一部分，是融入新环境必须要经历的过程，莉香只不过是代表这个过程的一个具象。可莉香所代表的这种新生活让完治疲于奔命，像在追逐飞鸟的走兽，常常筋疲力尽。

这种境遇，颇似《将爱情进行到底》里的杨峥。从小到大生活的环境决定了他和文慧是两个世界的人，光有爱情也远远不够解决现实摆在两人面前的问题。

只有在里美那里，完治才能找到过去熟悉的感觉，让他觉得安心和踏实。为此，他甚至不介意做里美情感上的备胎，许多时候当里美跟三上闹别扭了，需要安慰才会想起来找完治疗伤，他却常常因此辜负了一往情深的莉香。

莉香那么努力地爱，想用自己的热情去浇化冰山，可惜横亘在她和完治之间的，并不是冰山。

当看到完治吃着来自爱媛的橘子，翻开老照片时眼里放着光芒，讲起往事来眉飞色舞不亦乐乎的模样，莉香才意识到，他们之间存在的，是完治自己在内心里筑起的一道墙，墙的里面是莉香进不去的回忆。

所以莉香才会冒出一句：我想去你的故乡看看。

莉香想用这种方式弥补完治青春里，她缺席的回忆。傻姑娘觉得这样才能真正走进完治的心里，获得和里美势均力敌的地位。

于是她独自去了爱媛。

当完治到处询问莉香去向的时候，莉香正走过完治长大的每一条街道，徜徉满载完治青春过往的校园，在柱子上完治的名字旁，刻下自己的字样。

可惜，在代表着岁月的刻痕边上，“莉香”这个名字新得好刺眼。

回忆之所以珍贵，就是因为已经再也回不去。曾经缺失的，便永远缺席了，任凭莉香怎么努力，在完治的过去里，永远不会有她的位置。

所以最后，当完治追到车站，却只看到莉香系在站台边的手帕，她已坐上提前一班的列车走了。

就像莉香自己说过的，她已经尽了全力，却依然无能为力。

她终于明白了，所以哭得那么伤心。

并非莉香不够好，只是完治不敢要。

走进新生的前提，是要放下过去。

那时的完治，还做不到告别曾经的自己，于是，他只能选择里美。

曾经非常鄙视完治的软弱，替莉香不值得。现在回头再看，其实完治也别无选择，因为初遇莉香的他，的确还不够好。就算莉香不介意，他自己也知道。

人是无法超越自己的能力去拥有世间之物的。

三年后，和贺部长对已经习惯了东京生活、也自信起来的完治说：“现在的你，应该可以顺利和莉香交往了吧。”

可惜已经时过境迁。

和贺部长又是谁？他人情练达，洞察一切，理解完治，又疼爱莉香。

我想，他其实就是完治中年时的模样吧。经历过失去，才更懂得相聚不易。

部长是沧桑的旁白，悲悯着曾经的自己，和身在其中的完治和莉香们。

据说，人一辈子会有6～7次改变命运的时机，每个人都机会均等，却很少人能够把握住。并非运气不佳，而是能力不及，只能眼睁睁看着命运之神去敲别人的大门。

如莉香之于完治，文慧之于杨峥，曾经的一段段美好爱情之于最终没有把握住的我们。

想要在遇到“莉香”时不留遗憾，就不要沉溺在过去里封闭自己，在那之前，拼命修行，让自己成为一个自信而美好的人，才不会辜负“莉香”的一往情深。

我想，这是二十年后重看《东京爱情故事》，我想对自己，和每个“永尾完治”，说出的答案。

她曾经，是我深爱的人

在柴门文的原著漫画里，三年后的完治没有遇见归来的莉香。

看望完刚生下他们爱情结晶的里美，完治走出医院，在东京的街头偶遇一个酷似莉香的姑娘。完治拔腿追去，却发现不是莉香。

他看着姑娘远去的背影，在心中默默地说：

如果是东京人，你也许会在那里遇到赤名莉香。

见到她，替我问个好。

她曾经，是我爱过的女人。

就像那么多曾经让我们放不下的感情，最终还是不得不放下了。

哪怕心上的伤痕已好，但听到那个名字、提起一些往事时，还是会隐隐作痛。

人生为什么会有那么多遗憾呢？

这些遗憾，在故事里，虽然是最好的艺术，可在生活里，却让人哭痛了眼珠。

为什么得到幸福的，是懦弱的完治，孤单的，却是勇敢的莉香呢？

难道上天真的忍心，残忍对待莉香这样的好姑娘吗？

1963年，一个叫玛莉的女孩儿写信给《芝加哥论坛报》，因为她实在搞不明白，为什么她帮妈妈把烤好的甜品送到餐桌上，得到的只是一句“好孩子”的夸奖。而她那个什么都不干，只知捣蛋的弟弟，却可以坐享其成地得到一个甜饼？

她想问，上帝真的是公平的吗？为什么她在家和学校，常常会看到一些像她这样的好孩子被上帝遗忘了。

库斯特先生是《芝加哥论坛报》儿童版栏目的专栏作者，十多年来，孩子们有关“上帝为什么不奖赏好人，为什么不惩罚坏人”之类的来信，他收到了有上千封之多。每当拆阅这样的信件，他的心就非常沉重，因为他不知该怎样回答这些提问。

正当他对玛莉小姑娘的来信不知如何回答是好时，一位朋友邀请他参加婚礼。就是在这次婚礼上，他找到了答案，并且这个答案让他一夜之间名扬天下。

在婚礼上，当牧师主持完仪式后，新娘和新郎互赠戒指，也许是他们正沉浸在幸福之中，也许是两人过于激动。总之，在新人互赠戒指时，两人阴差阳错地把戒指戴在了对方的右手上。牧师看到这一情节，幽默地提醒：右手已经够完美的了，我想你们最好还是用它来装扮左手吧。

正是牧师的这一幽默，让库斯特先生茅塞顿开。

右手成为右手，本身就非常完美了，是没有必要把饰物再戴在右手上了。

同样，那些好人们，之所以常常被忽略，不就是因为他们已经非常完美了吗？

后来，库斯特先生得出结论：上帝让右手成为右手，就是对右手最高的奖赏，同理，上帝让善人成为善人，也就是对善人的最高奖赏。

于是，他以“上帝让你成为好孩子，就是对你的最高奖赏”为题，立即给玛莉小朋友回了一封信，这封信在刊登之后，在不长的时间内，被美国及欧洲一千多家报刊转载，并且每年的儿童节他们都要重新刊载一次。

其实上天以同样的方式，奖赏着那些如莉香一般勇敢去爱的人们。

她们热情如火，奋不顾身，哪怕失败了，转身也是潇洒远去的背影。

遗憾这东西，都留给了不舍的完治们。

其实，每一个勇敢去爱的人，哪怕失去了，也依然是上天的宠儿。

上帝不造废人

> 你并不孤独，上帝不造废人，
> 别去和天才比禀赋、跟流氓拼底线。

英国作家大卫·米切尔应邀来中国参加书展。活动之前，他甩了三个关键词——黄昏、21 世纪和钢琴，发起了一个 140 字微小说的活动。

在决定去参加这个活动之前，只知道大卫·米切尔写的小说《云图》被沃卓斯基姐弟买了影视改编权，拍成了电影。我盲目地认为，拍过赛博朋克科幻经典《骇客帝国》的导演挑选原著小说的水平肯定不会太差，再一查，发现这小说竟获得了英国国家图书奖的小说专项奖，于是立刻找来一本《云图》看看。

买回来，第一感觉就是厚！非常厚！满是英国人的絮叨，虽然在意料之内，但絮叨的鸿篇巨著会合成出一个可怕的怪物。以往的经验来看，只要熬得住最开始的 30 页，后头就顺了，而为了表达诚意，我决定逼自己一口气先读 50 页！

没想到读到 39 页，第一个故事《亚当 · 尤因的太平洋日记》居然以一种意想不到的方式结束了——这种方式就是，连句子都没写完就直接断了，后一页开始就是第二个故事。

起初，我还以为是印刷错误。搞什么呀！第一个故事才刚展开好不好！看完相关资料才知道，这就是此小说最大的结构特色。

六个环环相扣的故事，每个故事只讲一半就戛然而止，等第六个故事讲完再倒回去讲第五个、第四个、第三个、第二个，回到第一个完结整部小说。从单纯阅读的角度而言，这会产生很多障碍（尤其是小说还那么长，不可能一天读完），但整体阅读体验却非常爽，依然是英国人那种不动声色的聪明和精巧，安排每个章节的断裂却勾连，串起来如同一个设计严整的制度。

我也在一边阅读的过程中一边开始写 140 字的故事，可能是读长篇的关系，我的字数一不小心就比要求的 140 字多了一点儿，幸好也没有多太多，只有 4000 字。

当我欣然将这份稿子递交给英领馆工作人员时，对方几乎要当场疯掉。然后，我就被邀请参加了见面会，我觉得最可能的原因不是那篇小说最为出众，只是打印出来拿在手里最重……据说我这篇比最后入围的全部作品加在一起的字数翻了两倍还多。

于是在一个阳光妖娆的夏日午后，我见到了大卫·米切尔本人。

他跟我想象的不大一样，没有西服革履的行头，像从前那些英国大文豪一样，只穿了件简单朴素的旧衬衫，背着个双肩书包，言谈也毫不浮夸，甚至带着点儿羞涩。

如果不是高挑的身材和文质彬彬的气质出卖了他（其实主要是主持人的介绍），真的很容易把他混淆为一个在中国高中里教英文的外籍老师。就一看起来特别普通的英国中年大叔，但他可是《幽灵代笔》、《雅各布的秋千》这样备受赞誉小说的亲生父亲啊！

当被问道，这么巧妙的小说结构是怎么设计出来的。大卫·米切尔回答道，小说表现情节和人物的各种手法已经被前人写得差不多了，再要写出点儿新意，就只有在结构上创新了，因此他受到了法国作家的启发有了灵感。

当我把自己那4000字翻译成英文的小说（翻译完英文已经突破了7000个单词……）递给他的时候，他的表情先是惊讶，随后也崩溃了。

我抱着这叠令人崩溃的稿子，问了他一个看起来很傻却本质严肃无比的问题：你觉得对一个创作者来说，最重要的是什么？

他认真想了一会儿，看着我，回答道："现在我觉得最重要的是，不要停下笔。"

那一刻，我相信他明白我最想知道的是什么，因为我心中最大的困惑被他一眼洞穿，带着过来人理解的笑容和父亲般的慈祥，他知道其实我真正想问的是：如果写不出来的时候怎么办？

是的，他给了我最需要的答案，不能停下笔。

前两年看冯唐谈他的创作，活生生被气个半死。

“从小没考过第二，托福考满分，不用背，是照相机记忆力。写东西的时候根本不想，憋不住了一坐，像有人执着他手往下写”。

我自己写东西写不下去的时候，想起这段话真想把电脑给砸了。感觉老天爷是不是欺负人啊，凭什么呐！人比人该死，货比货该扔。压抑不住羡慕嫉妒恨的翻涌，得出去跑两圈，开游戏杀几个坏人，才能散掉满心的郁闷。

大卫·米切尔的答案对我无比重要。他是在告诉我，你并不孤独，上帝不造废人，别去和天才比禀赋、跟流氓拼底线。曾经被《时代》杂志评选为“世界100个最具影响力的人“之一的米切尔，在此之前，他虽然学习英国文学和美国文学，并获得硕士学位，也是到30岁才出版了自己的第一部小说，还曾在日本教过八年英文。

哪怕厉害如他，也经历过写不下去、写不出来，文思枯竭的时刻，一句简单的“Keep Writing（坚持创作）”，包含的意思却很深。

困难是生命的常态，也是创作的常态。灵感会来，文思也会来，真正支撑创作的是韧性。生命的精进比才华更重要，艺术的坚韧比灵感更珍贵。

何况，对大多数人来说，我们都还没有努力到需要拼天赋的时候。

番
外
/

做就是了

忽然想到了另一个不相干的故事。一次塌方事故把两个矿工埋在了矿坑底下，没有人知道他们还活着，他们甚至不知道自己离地面的距离，四周只有黑暗。

他们决定自救，凭着直觉朝地面的方向挖掘。

两个人一点一点地挖开煤层往外挪动。

他们不知道自己要挖多久，甚至不知道自己挖掘的方向是否正确，到底能不能得救。

渴了喝一点儿渗出的地下水，饿了就吃带着的干粮。

终于，年纪轻的矿工先崩溃了，呜呜地哭泣起来。

这样什么时候是个头啊！我才刚结婚，连孩子都没有就要困死在地底深处了。

这时，年纪稍长一点儿的矿工停下来，对他说：别想那么多，挖就是了。

说完，老矿工接着往前挖。

年轻的矿工哭得停不下来，直到哭累了，才想了想老矿工的话，愣了好一会儿，继续开始跟着老矿工挖。

他们失去了时间的概念，累了就眯一会儿，睡醒了就继续挖。

干粮吃完了，他们开始吃煤块充饥。

眼前依旧是黑暗。

无边的黑暗，开始从瞳孔渗入心灵，浸湿希望的火种。

年轻的矿工又崩溃了。

这次，老矿工甚至没有停下手中的镐，还是说了一句：别想那么多，挖就是了。

年轻矿工只有在一通哭泣之后，继续追上老矿工，跟着挖。

之后年轻矿工不断地崩溃，每次崩溃都比前一次更绝望一些。

每次老矿工也都只有那一句话：别想那么多，挖就是了。

终于，他们挖出地面，得救了，那已经是 10 天之后的事情了。

240 小时，15000 分钟的绝望煎熬。

可怕的并不是结果，可怕的是不知道什么时候才等来结果。

等待和失望会拖垮、耗干一个人的灵魂。

这 10 天的时间，他们唯一可以依赖的，只有老矿工的那句话。

做事之前先别去预想好的结果。

想得太好只惦记着做成之后的诱人成果，容易把困难考虑得不充分，仿佛只要开始动手了就会一帆风顺、势如破竹。

一旦碰到挫折，发现跟自己想的不一样，会更灰心丧气。

困难越大，丧气程度越高，放弃的可能性也就越大。

所以往往一开始发愿得特别美好，最后都不容易成事。

做事之前把困难想得太多也不行。

前狼后虎还没来，已经自己脑补了尸骨无存的恐怖画面。

一想就腿软，一想就头大，随着时间的推移，必定忍不住给自己的软弱找借口。

困难好像心灵微波炉的爆米花，明明还没发生，却在恐惧的微波催化下不断膨胀扩大。最后充满了整个心，涨破了胸腔与脑海，最终只用想象就把自己给活埋了。

目标成了脱离控制飘向远天的热气球，五彩缤纷、渐行渐远，最终消失在地平线的那边。

唯一的好处，大概是不用承担失败带来的失落，反正根本就没开始嘛。

有人说，傻子容易幸福。我不同意。

但少想一点儿，多做一点儿，更可能实现目标，我深信不疑。杂念是最大的敌人。别想那么多，做就是了！

反正还有来世

> 可惜生活不是偶像剧，善良和美丽不能保证一个花好月圆的结局，命运这个导演总是根据它自己的需要，随时喊停或者改动剧情。

《后会无期》这部片子被誉为是Word版电影，除了广为流传的语录体营销外，最加分的，则是两首歌：一首是朴树原创的《平凡之路》，将这部低于平均分的影片，生生给拉回到了平均值；而另一首，则是万晓利翻唱的《女儿情》。

鸳鸯双栖蝶双飞 满园春色惹人醉
悄悄问圣僧 女儿美不美 女儿 美不美
说什么王权富贵 怕什么戒律清规
只愿天长地久 与我梦中人儿紧相随
爱恋伊 爱恋伊 愿今生常相随

很多年前，这首歌已经出现在你的世界里，只是，你那时年少。1986年的《西游记》中，唐僧与女儿国国王上演了一出告别的感情戏，背景音乐就是这首由《西游记》总导演杨洁女士作词的《女儿情》。

一个没有男人的国度，突然来了个带宠物的帅哥，光这个剧设就已经让人浮想联翩了。可小时候看《西游记》，女儿国这段偏偏没有留下什么特别的印象，一来是这段没有床戏，二来是居然连动作场面都很少。

其实，这段无非是说师徒四人来到了西凉国，唐僧先教育了徒弟们，咱们是革命的队伍，不能随便调戏妇女。没想到，女儿国哪轮到他们调戏妇女，已经就让妇女们给调戏了。女儿国王听说大唐来了个官二代高僧，还是天朝上邦皇帝的干弟弟，瞬间有种傍上大款奔小康的感觉，于是扣了唐僧师徒的护照，逼人成亲。唐僧懵了，妖怪一般都是拿他当食材的，谁知这次居然要被人抓去配种，想想自己堂堂七尺男儿的尊严都没了，委屈得差点儿扑进悟空怀里哭了。

本该是男才女貌、郎情妾意、才子佳人的一段情爱纠缠，辅以逼亲、抢亲、阴谋、人兽等狗血剧情，按照韩剧婆婆妈妈的操行，够拍个 160 集黄金档偶像剧了，偏偏吴承恩就这么一笔带过：女儿国国王纯粹出于政治联姻的目的要逼外国和尚留下成亲，唐僧大义凛然、不为所动，最后略施小计脱身而去，未伤人性命且保住了童男之身。

在取经途中动不动就会抡起大棒子爆人脑瓜、捅怪菊花的故事里，这段算是彻底颓了。

而在1986年央视版的电视剧《西游记》里，这个故事却被拍得异常动人。

女王在朝堂上对唐僧一见钟情，而唐僧也不像原著那么软硬不吃、刀枪不入。皈依了佛门，财富和美貌都无法打动他放弃信仰，唯有一样东西会让他动摇，那就是真情。

三藏法师在说了一堆义正词严的信仰和理想之后，犹犹豫豫地转过头，眼眸闪烁地对着女王说了半句"来世若有缘分……"

在那一刻，唐僧整个人突然变得可爱了，不再是个满嘴大道理、一身迂腐气的呆和尚，就像那句玩笑话，嘴上说不要，身体却很老实嘛！他身上人性的部分显露了出来，闪闪发光。这个改动可以说，是整部《西游记》连续剧中最"唐僧"、最有人情味的一次，为整个故事加分不少。

最为动人的这段故事的背景音乐就是这首《女儿情》，一句"说什么王权富贵，怕什么戒律清规"，让真情在律法面前，显得格外珍贵。

更为动人的故事，则是藏着这戏里戏外的，另一个故事。

饰演女儿国国王的朱琳，在整部《西游记》那么多美女中，气质和长相都是出类拔萃的，放眼整个80年代，也可算是独一无二。女儿国国王的美丽与愁怨，在眼波流转里，被她演绎得过目难忘。

当时扮演唐三藏的是20岁出头，风华正茂的徐少华。30年过去了，现在的他依然是英俊挺拔、气质非凡，可想而知当年是多秀雅的一枚大帅哥啊！

在戏外，朱琳和徐少华几乎经历了一样的情境，当年朱琳进入西游剧组的时候，被徐少华的英俊和才情吸引，而徐少华面对美丽痴心的朱琳，恐怕也很难无动于衷吧，只可惜那时徐少华已经结婚有了妻子，并准备考大学，将要离开西游剧组，两人的一番情意最后只能留在了女儿国这段对手戏里。

他们最后是如何告别的，无人知晓，但恐怕也不会比三藏法师拨转马头，在女儿国国王含泪的眼眸里渐行渐远更让人叹惋了吧。

虽然当事人都不再谈起那时是否真的有这么一段，但20年后，西游剧组重新在《艺术人生》里聚在一起的时候，台上的朱琳看着坐在台下的徐少华，那一句："女儿国一别20年，御弟哥哥，别来无恙。"却让所有人红了眼眶。

可惜生活不是偶像剧，善良和美丽不能保证一个花好月圆的结局，命运这个导演总是根据它自己的需要随时喊停或者改动剧情。许多未能实现的遗憾，只得放到下部戏里，其实也知道那是安慰无能为力的另一个借口，但有念想总好过没有。

在偶像剧之外的生活里，我们便只能用"来世"宽慰彼此。

看上去很美

海伦 14 岁时离开了农家，被一户贵族收养，成了贵族家小姐的贴身侍女。

她用一生鉴证了主人的爱情。

贵族小姐有个青梅竹马的恋人——一个非常有才华的书生，只可惜比贵族小姐小了四岁。不像如今对姐弟恋的宽容，在那个年代，这种女大男小的两个人要结合，是件颇为惊世骇俗的事。

于是恋人的相思成了折磨彼此的痛苦，哪怕他们早已私定终身，但这之后很长的时间里，俩人承受着世俗的压力，始终没能在一起。书生一封又一封的情书，贵族小姐一行又一行的眼泪，海伦都看在眼里。

最后，书生和小姐终于得到了双方家长的同意，离两人偷偷订婚已经过去了七年的时光，好在最终修成正果，成了一对幸福的新人。

如果只是为了歌颂俩人的忠贞坚韧和爱情的伟大，那故事应该在此画上句号。但在现实生活里，真正在一起之后，才是问题的开始，恋爱的苦恼与婚后的困境相比，根本不值一提。

不久贵族小姐便怀孕了，但从小养尊处优的姑娘，是不太懂得如何操持一个家的。虽然书生有才华，但不妥协的个性和锋芒毕露的主张，很容易得罪人，书生经常为此失去工作，没有足够的收入养活全家。

小夫妻经常搬家，过着颠沛流离的生活。最困苦的时候，甚至交不出房租，被房东赶了出去，还叫来警察扣留了本就微薄的家当，贵族小姐只能睡在光秃秃的床板上。

海伦在这个时候被贵族小姐的母亲派到他们身边，从菜金到奶粉钱，从一日三餐到书生到孩子的玩具，海伦照料起这个家庭的一切。

虽然生活依旧贫穷，仍然常常入不敷出，但海伦凭着自己的智慧和精打细算勉强维持着一家人的生活。加上书生的朋友还常常接济，日子终究算是过得下去。

在穷困潦倒中，书生和贵族小姐的孩子相继夭折，他们没钱请医生看病，甚至连买药的钱都没有。这让本已脆弱的家庭陷入了更深的痛苦中。

中国人有句老话：福无双至，祸不单行。在经历了这么多事情之后，不幸对他们的纠缠依然没有终止。书生与海伦之间有了私情，海伦生下了一名男婴。

书生担心这样的打击会让身体虚弱的贵族小姐承受不住，而他们的日子又离不开海伦，最后只得把孩子送给自己的好朋友，谎称是朋友和海伦的孩子。海伦不得不与亲生儿子长期骨肉分离。

在他们的婚姻里，贵族小姐生下七个孩子，只活下来三个。书生埋头于自己的著作，长期的劳作和贫穷也毁了他的健康，最终客死异乡。

海伦陪伴了他们38年的时光，最后与这家人合葬在了一起，墓碑上却没有属于自己的身份。

可能很多人看到这里，会感觉像是个糟糕的编剧随便乱写的情节，但这貌似狗血的故事，确实是真的。贵族小姐名叫燕妮·冯·威斯特华伦，她的书生丈夫是过去200年对人类历史影响非常深远的人——卡尔·马克思。

而那个接济他们一家，甚至认下海伦私生子的朋友，我想你也猜到了，就是恩格斯。

几乎所有的书里，都会赞叹马克思和燕妮的爱情，但他们到底经历了什么，却很少有人能说得出来。更少有人知道在他们身边，几乎照顾了他们一辈子的女人——海伦的存在。

马克思的成就离不开身边这几个人的无悔奉献，也许在他们的人生里，有过失意和过错，但终究相濡以沫地走到了最后，他们的爱情被称作伟大也实至名归。

人们赞颂爱情的伟大，对于伟大的爱情更是毫不吝惜溢美之词，许多人也憧憬着能有这样一份爱情出现在自己的眼前，期限最好是一万年。

但我想，伟大的爱情之所以令人动容，是因为大多数人做不到。

稀少才珍贵，满大街都是，也就没人羡慕了。

更何况一份伟大爱情里的苦痛和牺牲，都远超一般人的想象和承受能力，真摆在你面前了，你也未必承受得起。

所以看看就好，得不到这样的爱情，也没必要死磕。

有些事就像观摩爱情动作片，看的人爽，做的人未必。

什么人才可称为女王

> 表面上张牙舞爪并不是真的强大，真正的力量是源自于内心的，
> 坚韧、刚毅和淡定，都需要岁月和经历去打磨。

不知道为啥大家都开始喜欢 pia pia 地往自己脑门上贴标签：宅男、熟女、屌丝、萝莉……好像要是不能被分门别类，就要被时代落下了，好比自嘲张不开嘴，跟人套近乎少了个话茬。

所以，哪怕是已经被各种流行文化嚼得腮帮子都疼了的陈词滥调，大多数人也欣然笑纳了。但我对一个流行标签的意见由来已久——女王，我想先讲几个有血统女王的故事。

英国的伊丽莎白一世算得上身世曲折、命运多舛的典型代表，她有个不怎么靠谱的老爹，亨利八世。

这哥们儿嫌自己的皇后没生个大胖小子延续香火，闹着要离婚。先别说他自己的老婆是西班牙皇室出身，父亲是阿拉贡国王斐迪南二世、母亲是卡斯蒂利亚女王伊莎贝拉一世，就是教皇那关他也过不去——那个年头，神权比王权横得多。

偏偏亨利八世是个二愣子性格，老子关起门来休妻，跟教皇你有

啥关系？不让离婚？行，你滚蛋！

于是，亨利八世为了离个婚，在英国废了天主教，搞起了新教，自己兼任世俗的王和最高宗教领袖。那时候，整个欧洲人心里估计都是一个念头：亨利！亨利！你这么任性真的好吗？

然后，亨利同学娶了爱妃安妮·博林，两人孕育了一个爱的结晶，就是伊丽莎白一世。

要说亨利八世是个不靠谱的老爹，一点儿都不冤枉他。你婚也离了，新老婆也娶了，女儿也生了，能不能对前妻和大女儿好一点儿啊？这哥们儿偏不，愣是让伊丽莎白同父异母的姐姐玛丽给自己的亲妹妹当侍女官。这什么人嘛，不给赡养费也就算了，还变相羞辱亲生女儿，也就难怪玛丽姑娘从小心理变态。

但安妮·博林在产下伊丽莎白之后，肚子就没动静了，这下亨利八世可急眼了，当初爱得死去活来，为了你真敢跟全世界为敌，生不出儿子了，立马翻脸，把你弄成全世界的仇敌！

在伊丽莎白三岁的时候，安妮·博林被判处死刑，罪名是：叛国。

安妮柏林一介女流之辈，还是靠当小三上位的，要权没权，要兵没兵，叛国？这不恶搞嘛！欲加之罪也需要技术含量的好吗！亨利这么牛，连教皇都敢得罪，你就算是定一条“生不出儿子判死刑”的法律，起码看起来都比较体面一点儿啊。

从此以后，伊丽莎白就没亲妈了。

等亨利八世的第三个老婆简·西摩真给这家伙生了个儿子的时候，伊丽莎白和她倒霉的姐姐玛丽就一起给自己的弟弟爱德华当起了佣人……亨利，这都是你的亲生骨肉好不好！重男轻女到这个分上，也算是名垂青史了。

熬死了老亨利，噼里啪啦一通乱之后，玛丽姑娘时来运转，当上了英格兰女王。

童年的心理阴影加上这姑娘从小就是个虔诚的天主教徒，她特别烦自己老爹为了讨老婆连上帝都不要了。于是，她一心要在英格兰恢复天主教，为此不惜一口气砍了将近300个反对者，得了个“血腥玛丽”的江湖诨号。

伊丽莎白却是个铁杆新教徒，这下可糟糕了，宗教信仰的分歧在今天依然是搞不好会出人命的。伊丽莎白一度被自己的亲姐姐关进了伦敦塔，差点儿也一起给杀了。幸好一帮老臣求情，加上伊丽莎白自己有眼力价，情真意切地给玛丽写了封信，一通表真心、叙旧情，才算保住了性命。

终于，玛丽一世在1558年去世，第二年伊丽莎白在西敏寺继位，成了英格兰和爱尔兰的新君，也是都铎王朝的最后一任君主。传说她加冕当天将一枚结婚戒指戴到自己手上，表示她自己已嫁给英格兰。结果伊丽莎白就真的一辈子未婚，史称 The Virgin Queen（贞洁女王），后来美国的弗吉尼亚州 Virginia 就是以她命名的，意为献给女王的处女地。

按理说伊丽莎白在长大成人的过程中吃了不少苦，受了不少委屈，还差点儿死在亲姐姐手里，如果心理变态也有情可原。但她却是不列颠的一代英主，不但让英国免于宗教的分裂，还逐渐让国家安定富强了起来，为以后称霸世界的“日不落帝国”打下了最坚实的基础。

在伊丽莎白统治下，文有威廉·莎士比亚、弗朗西斯·培根著作享誉世界，武有德雷克爵士、霍华德勋爵杀败西班牙无敌舰队，争霸欧罗巴，沃尔特·罗利爵士和韩弗理·吉伯特爵士更是在北美建立英国殖民地，迈出了缔造美利坚合众国这朵奇葩的第一步。她统治下的英国，国力昌盛，国运上升，史称“黄金时代”。

在这个女王的身上，我看到了坚韧。

还有一个女王是中国人都知道的，她是中国历史上唯一掌握君权并得到普遍承认的女王，武则天。

她传奇的一生被各种文学影视作品一再描写，无论好评差评，都是盛唐乃至中国文明中无法抹杀的浓墨重彩的一笔。武氏年轻的时候才貌双全，被唐太宗选进宫做了才人。她娘亲杨氏是个寡妇，舍不得女儿，结果武氏对自己的娘亲说：“我是去侍奉圣明的天子，这是好事，娘亲你有什么好哭的，坚强点儿好吗？”

武则天的这种女汉子性格在给唐太宗驯马的事情上更被体现，当时宫中有匹名马叫狮子骢，堪称马中“兰博基尼”，就是脾气暴躁，谁的面子都不给，太宗很着急。武媚娘对太宗说，我来教育教育这牲口，保证服服帖帖。太宗很好奇，这么多骑师马官都奈何不得，你一弱女子能搞得定？武媚娘对太宗说，我需要三样东西：铁鞭、铁檛（guō）

和匕首。先用铁鞭抽，抽不服用铁檛砸马头，还不服用匕首割喉。太宗听完心想，马服不服不知道，反正我服了！唐太宗李世民戎马半生，连杀自己亲兄弟都下得了手，他都服了，可见武则天这个女人有多狠！

有什么办法呢，唐朝妇女地位不算太低，但毕竟是个男权社会。在政治斗争无比残酷的权力核心中，政治倾轧不是过家家，输了可以退出不玩，一旦落败脑袋基本就要搬家，在这种刀剑不出鞘却四处杀机重重的环境下，“女人不狠，地位不稳”放在武则天身上是再合适不过了。

武则天的能力强，野心又大，她要做的是古来没有女人干过的事情——爬到男人构建的权力游戏最顶峰。右边是祖制，左边是老臣，身后是万丈深渊，她只能一往无前，佛挡灭佛，神挡杀神。

王皇后和萧淑妃是绊脚石，想办法废为庶人，自己来当皇后；长孙无忌这帮老家伙叽叽歪歪，削官免职，滚出京城；就连初唐四杰的骆宾王（就是小学课本里写“鹅，鹅，鹅”那哥们儿）因为参与徐敬业起兵讨伐武则天，还猛写文章抨击，被一路追杀，据说躲到庙里去当了和尚。

这种以刚克刚，谁不服削死谁的作风，是贯穿武则天执政的始终纲领。她甚至还自己造了个字“曌”（zhào），意思是日、月光辉悬于天空，你们男人不是自称天子吗？那我就要比天还高！

在她的统治下，唐朝多了不少政治犯，但经济大发展，文化很繁荣，科举制度进一步完善，给帝国输送了大量人才。男人们再怎么骂什么牝鸡司晨，至少唐朝不是亡在她手里吧？而且跟许多称帝的男人相比，单要说治国，武则天绝对算得上一个好皇帝。在这个女王的身上，我看到了刚毅。

而当今的英国女王伊丽莎白二世，这位满头白发的气质型老太太，也是英国在位时间第二长的君主（第一名是维多利亚女王，在位 63 年零 7 个月，不出意外，伊丽莎白二世会超过她）。

相比之前提到的两位女王，她的人生要“相对平静”许多，只不过经历了第二次世界大战。

电影《女王》里，海伦·米伦主演的伊丽莎白二世在接见当时刚选上英国首相的托尼·布莱尔时，轻描淡写地说：“现在你成了我的第十任首相，布莱尔先生。我的第一任首相是温斯顿·丘吉尔。当时他就坐在你现在坐的这张椅子上，穿着风衣，戴着高帽，他教会了我这个羞涩的小女孩儿很多东西。”当年，以革新做口号的布莱尔不太受英国老派政治家和贵族的待见，伊丽莎白二世对他说这番话的意思翻译过来就是：你乖点儿啊，别闹。

是啊，人家都当了半个多世纪女王了，啥没见过，指点一个不知天高地厚的后生小辈，手到擒来。

1936 年，伊丽莎白二世的伯父爱德华八世宣布退位。爱德华八世就是后来的温莎公爵，一共执政了 325 天，对外是说遇上了一位美国寡妇，不爱江山爱美人，国王也不当了，只羡鸳鸯不羡仙去了，谁信啊！分明是第二次世界大战眼看就要打起来了！

他身为同盟国的核心，还跟希特勒勾勾搭搭，眉来眼去的。“一战”时，当时的英国皇室因为是一个德国血统的王朝，却要带领英国人民去对抗德国兵，不得不改了自己的姓氏，从汉诺威改成了沿用至今的温莎。“二战”来了，还是要打德国人，再这么来一下子可受不了，皇室内部决定逼爱德华八世退位，让他弟弟顶上，也就是乔治六世，伊丽莎白的父亲。

虽然一跃成了第一王位继承人，可伊丽莎白跟现在的不少女孩子正好相反，有公主命，却没有公主病。

“二战”的时候，她不但对全欧洲广播，表达抗争到底的决心，还参与了一个支援战争的妇女团体，在那里她的编号是第230873号，伊丽莎白·温莎第二中尉。之后，她甚至在坎伯利的辅助地方勤务部队服役，当运输车队司机。

“二战”胜利后，乔治六世操劳过度，身体已经有点儿吃不消了。1952年2月，乔治六世去世，当时伊丽莎白正代替父亲做全球访问，在肯尼亚，下榻在一个树顶酒店。

当天夜里，父亲去世的消息传来，于是伊丽莎白上树时还是公主，第二天一早下树的时候就成了女王，传为逸闻。

继位后，她稳健地统治着大英帝国，恪守自己女王的职责。

我曾经跟英国人聊过一个问题，你们有没有想过废除王室呢？英国人说，当然想过啊，但再想想，废掉王室干吗呢？现在世界上还有王室的国家不多啊，我们用每人一天一杯牛奶的钱就能养着英国悠久历史的活化石，经常有皇室八卦新闻看，出去跟人侃还有个国家吉祥物，这不挺好嘛！

对英国王室的各种传闻一直是英国人津津乐道的谈资，甚至还养肥了不少英国小媒体，一批专业狗仔队24小时蹲点盯着挖王室的八卦。而以伊丽莎白二世为首的皇室的态度就是：不理睬，不回应。

这么多年，除了戴安娜王妃车祸之后，民众情绪一度失控，把白金汉宫都给包围了，女王出面回应了一下，那是第一次，也是唯一的一次。

伊丽莎白二世贯彻着低调不折腾的理念，平静地履行着女王的职责，政坛的动荡，社会风潮的来去，领导人的更替，通通是刀砍东风，与我何干？

在这个女王身上，我看到了淡定。

有句话说，欲戴王冠，需承其重。在男权社会里，能爬上食物链的顶端，成为众人俯首称臣的对象，女王哪是那么好当的啊！

表面上张牙舞爪并不是真的强大，真正的力量是源自于内心的，坚韧、刚毅和淡定，都需要岁月和经历去打磨。只有被那么多风雨动荡、人世沧桑淬炼出来的人生才配叫女王。

在我们生活的时代，贵族已经不多了，皇室更是稀有。但贵族的精神，王者的风范值得被保留并且传承下去。

“女王”，是一个非常美好的词汇，外柔内刚，兼具了男性的强悍和女性的温柔。被风雨动荡，人世沧桑淬炼之后，如果锻炼成的，是一颗刚柔并济的心脏，它跳动的地方，就是女王的胸膛。

公主病，得治

聊完了女王范儿，也不得不说说公主病。

“公主病”也叫“公主症候群”，是一种非遗传性的妇科心理顽疾，患者多为未婚年轻女性，临床症状主要有：

1. 自恋！极其的自恋！自我膨胀到宇宙已经无法容纳，认为自己绝对是最重要的存在，自己死掉等于宇宙的毁灭。时常对着镜子顾影自怜也就算了，还喜欢猛传照片，点赞不到预期数量就会不爽。喜欢时时刻刻活在别人的赞美中。

2. 懒惰又娇气，自理能力极低，又要求别人对自己百般迁就，且完全不怀感恩……寝室的地从来不扫，自己的屋子绝对不收拾，别人干了还觉得是应该的。其实不是不会做，就是想让别人照顾自己。

3. 极端情绪化，好像一年365天，天天都来大姨妈。说话完全不考虑别人的感受，只要自己说的就是真理。而听到一句不合心意的话，立刻暴走，需要别人跪着哄上半天。

4. 非常缺乏自制能力，任性放纵、恣意妄为，不考虑地点、场合和他人的面子。例如在公共场合破口大骂，怒捶男友，引起不明真相的群众围观。并且有双重标准：羞辱他人是应该的，但绝不接受别人这么对待自己。

5. 智力水平低下，主要是不学习、讨厌接受新鲜资讯造成的。经常喜欢在自己的 QQ 空间和社交网络上发表一些莫名其妙、没有意义的言论，比如巴西世界杯结束后，就有一个妹子在自己的微博上贴出自己的爆乳照，配的文字是，“下次世界杯我一定要去巴西看”……其主要目的是勾引异性的注意力，刷存在感，但因为实在太过缺乏常识，经常沦为笑柄。

苏格兰作家詹姆斯·巴里在 1904 年创造了一个名叫“彼得·潘”的人物，生活在梦幻的“永不之地”（Neverland），永远也不想长大，也就是大家熟悉的小飞侠。

作为一个美丽的童话人物，当然很棒，但现实中像小飞侠一样不愿长大的人，就被称为“彼得·潘综合征”，女版就是“公主病”。

其实真正的公主从小接受教育和礼仪训练，怎么可能会是我上面说的那种德行，无非因为加上“公主”二字哪怕是病，听着很高级。说穿了，就是长不大的小孩儿心性。

他们渴望能够永远像小孩儿一样被人呵护照顾，却不愿意承担起成年人应该肩负的责任。

这种人多半孤独，因为在生活里她们是糟糕的朋友，感情中就是可怕的伴侣。谁受得了扮演佣人、心理医生和出气筒的复合型倒霉角色？找伴侣又不是领养孩子，不只要照顾你的身体，还得照顾你的情绪？

要知道，爱很敏感，也很娇气，你老折磨它、考验它、摔打它，一定能如愿把它弄坏，重新回到没有爱情的生活中去。

为了他人，也为了自己的未来着想，公主病一定要治！

而治疗公主病最好的办法，就是把这位“千金”送出“宫”去，像个普通人家的姑娘一样，学会脚踏实地地生活。

如果宅

> 宅只是个状态，却不是结果，
> 更不是拿来自暴自弃的理由。

23岁的约瑟夫·盖瑞特跟父母住在一起，大学毕业后干了一段时间酒保，因为老板不给涨工资，辞职天天待在家里。所以，这个宅男算个废柴咯？嗯，反正他一年至少赚300万。

“宅男”这个称呼并不那么友好。年轻人嘛，就应该走出家门去看看世界，早晨八九点钟的太阳得冉冉升起、朝气蓬勃，而不是在家里窝着，打开房门一股沼气伴着晨勃，更别说这个称呼里还包括了不少啃老族们。但像约瑟夫这样能赚钱甚至还具有全球影响力的家伙，也算是让宅男们扬眉吐了一口怨气。

这个岁数还不到人生第二个本命年的小伙子，在Youtube上创建了一个频道，名叫“Stampylonghead”，上传了很多自己打游戏的视频，配上他亲自献声的解说，目前已经有将近两亿次播放，成了世界上访问量排名前十的频道之一，就连因参加《*X* 音素》（*X Factor*）一炮而红，横扫欧美的英国男子青春偶像天团 One Direction（单响组合），和被黑出了太阳系的加拿大国宝级偶像贾斯汀·比伯的频道访问量都不是这小子的对手。

在 Youtube 上，只要你的频道受欢迎，就可以引来广告分成，比例高达 50%，每 1000 次访问就能赚 2.5 美元（对比之下，国内视频网站分成低得让没有自带资金的独立制作用户靠卖血切肾才能把频道维持下去……）。因此，约瑟夫一不留神，不但解决了温饱问题，还变身为高富帅，月收入在 8 万到 40 万之间——注意，单位是美元哦。

约瑟夫早年在大学学电视影像制作，从那时开始就往 Youtube 上传视频，坚持了多年——哪怕主要收看人群都是 6 到 14 岁的小朋友。小朋友们把约瑟夫当成自己的一个大朋友，喜欢他风趣幽默的解说和自嘲，到最后视频是什么内容已经不那么重要了，每天发消息来跟他侃大山的网友们都快让他回复不过来了。

从约瑟夫小朋友的事迹里，我们再次知道了两件事的重要性，第一，是坚持；第二，是要有通情达理的爹妈啊……一个 23 岁的年轻人辞掉工作整天在家玩游戏，大学毕业也不找份正经工作，光爹妈忧虑的表情都足够杀死你千百次了。

感谢互联网的出现，改变了人们的沟通方式，甚至生存模式。

宅男这个词在20年前是没有的，10年前都没有，待在家里能赚钱，那是少数人的特权——从前是贵族，再次也得是艺术家，现在可能就是普通人。

大学时，我的一个学弟是美国暴雪公司的脑残粉，一天中除了上课就是泡在寝室里打网游。晚上十点一到，学校准时拉电，他就从走廊的电灯线路偷电继续打，被宿管抓住差点儿吃了处分，这小子居然不知道从哪里搞来一台小型发电机放在寝室里供电接着打。

真的是有条件要打，没有条件创造条件也必须打游戏。辅导员看到他都是一副“这孩子以后可怎么办”的表情。

大三那年，他突然失踪了。好吧，这么说有些夸张，其实就是再没出现在学校。

再见到他已经是我快毕业的时候，我在寝室楼道里碰上了气宇轩昂的他。

原来学弟在大三的暑假在美国战网上打游戏的时候，卖了件多余的装备，对方给他账户里打了120美元。他突然灵机一动，这不就是条生财之道嘛！于是那个暑假，他靠做网络游戏里的“跨国军火”买卖，赚了差不多3000美元。

开学之后，学弟用这笔钱在学校附近的小区里租了一套房，配了十台电脑，雇了其他系的同学三班倒，人停机器不停地打装备卖给美国玩家。

今天早上他踢翻了暖壶，忽然想起寝室里还有他的两个热水瓶，于是开车来学校捡装备了……

后来听说，辅导员对他大发雷霆，问他这么久不上课，还想不想毕业了。学弟说当年读外语就是为了打游戏，现在不但可以靠游戏赚钱，每天用英语的时间比中文都多，这一年带着爹妈去美国都跑了两次，你说文凭对我有啥意义？辅导员被噎得半天说不出话来。

如今在淘宝上开店的店主，70% 都是 80 后、90 后们；还有众多守在自家电脑前的程序员和码农们，虽然每天足不出户，也忙得热火朝天，最极端还有干脆累死的。这件事美好的地方在于，他们都是在为自己工作，不必为了别人的理想去打拼，更不用看老板脸色。凭着自己的聪明才智和不断摸索进步，坐着就能把钱给挣了。

其实宅不可怕，问题是宅在家里干什么？宅只是个状态，却不是结果，更不是拿来自暴自弃的理由。

番
外
/

宅男与广场舞大妈

人口普查的时候，大妈敲开一个年轻人的门问：你是做什么的呀？年轻人挠挠头说，我是画画的。大妈想了会儿，没这个职业，索性写上了无业。

过了两天，大妈又来敲门，给年轻人带了份表格说，你一个人也不容易，填份表格领点失业救济吧！

年轻人平时给国外杂志和漫画绘图供稿，自己在房间里画好，电子邮件发送就完工了，挣的都是美金、欧元，月收入秒杀一线城市金领。当他婉言拒绝大妈好意时，好心的大妈还一个劲儿安慰他，张罗着给他找份工作，去厂里上班当保安……

你看，这就是我们这个时代很有意思的两种人群，彼此间与世界沟通的方式截然不同。

大妈们可以疯抢黄金，猛跳广场舞，甚至惊动纽约警察，大名传遍华尔街。可她们无法理解年轻人居然可以不出门来工作，作息时间乱七八糟，靠着外卖可以终日面对电脑，到底能折腾出什么花样来？

同样反过来，年轻人们也不懂一群大妈在广场上整齐划一地扭动自己不再年轻的腰肢，却兴奋得红光满面又是为了什么。

这就是代沟。

说到底，人是群居的东西，最害怕的，是与世界失去连接。

大妈们青春已逝，在剩下的人生里，害怕被时代抛弃，被人们忘记。偏偏互联网兴盛蓬勃的今天，她们的视力不复青年时，想上网又不会打字，成了信息获取上的弱势群体。广场上的舞动让她们找到同伴，不再孤单，这是她们与世界的连接方式。

宅男们年轻自信，有的是时间，从不担心与世界失去联系。时间就是他们最大的财富，尽可以随意挥霍，何况互联网的出现，的确让宅男们更方便、高效地获取外界的信息，很可能在大街上晃荡一天，都不如上网一个小时知道的事情来得更多，又有什么必要非得顶风冒雨地出门呢？

大妈的心中，依然可以住着一个少女。而有一些宅男心中，早已住着一个大妈。

永远无法准备好

> 人总是在一个不适当的时间，
> 被推上一个不适当的位置，去做出一件正确的事情。

我这辈子想过从事很多职业，甚至包括杀手，就是没想过当老师。

但在出国前有大半年没事可做，决定去教教课，赚点儿零花钱。

看到投过去的简历被“新梦想”退回来的时候，我简直不能相信自己的眼睛。

我是英语专业的，大学已经在英国游学了，当年提前三天报名雅思考试，看了一眼书就考过了。再论说段子，我跟人吵架也没输过……我只是随便找份兼职，竟然被拒绝了！

一股蛮劲顶上了太阳穴，仔细研究了之前投出去的简历，发现我用中国人特有的含蓄加上英国人那种看起来谦逊骨子里却高冷的格调写成的简历，只有隐隐的、深深的、低调的华丽……我又按照自己能想象的最不要脸的方式，把简历重写了一遍，发给了“新梦想”。

上午把邮件发送出去，下午电话就来了，约我明天面试。

我心说，贵公司的文化还真是浮夸啊。

面试老师姓郝，是英联邦项目部的主管。年轻，高个，黑瘦，健谈，语速飞快，逻辑纹丝不乱，幽默又亲切，笑起来一双小眼睛就成了两条细线。

深吸一口气，我拿出最厚脸皮的第二重人格和郝老师狂侃半个小时，宾主尽欢。最后郝老师问我能教什么？我说听力和口语比较拿手，两门都带也没问题。

这样啊，那你教阅读吧。

郝老师的眼睛眯成线，笑容在我看来很无耻。

我一愣，还没来得及开口反对，桌上变魔术一样出现了一摞书——郝老师推到我面前："你回去备一下课，两个礼拜之后来试讲。"

说完，郝老师顿了顿，补了一句：我就是教阅读的。

郝老师送我到门口，握着我的手说："你将来会成为明星教师的。"

"一定！一定！"我笑着回答。心想：我半年后就去英国了。

两周后，在一间空教室里，郝老师坐在下面听我试讲。我一口气说了六个笑话，都是平时积攒的经典段子，大家总会被逗得前仰后合。

但，教室里的气氛却越来越凝重。郝老师一次都没笑，他面无表情地看着我，小眼睛像两颗闪着黑黝黝光芒的钉子。

终于，等我讲完了，他说，你给我讲道题吧。

我大窘，只好如实回答，没准备题。

郝老师让我再准备两周，下次试讲要讲题。

我红着脸走了。

半个月过去了，相同的教室里，相同的位置上，郝老师双手交叉，放在胸前听我第二次试讲。回去痛定思痛后，我带着三个万里挑一的笑话以及一道题，卷土重来。

草草读了遍题，笑话才讲完第一个，郝老师示意我停下来，问我后头还准备了几个段子。

不多，就两个。

还有几道题？

没了。

“你选的那道题是自习题集第二册第一卷第三篇文章的第三十二题，这题不够典型，不好讲，同样类型的题目可以挑第四册第四卷第一篇文章的第五题或者第一册第二卷第二篇文章里的第二十一题，总之，你这题没讲透，等于白讲。”

我惊了，他连书都没翻，因为他面前根本就没有书。

“很多来面试的人以为我们这儿就是个讲笑话的相声班，你要知道，听相声不用花这么多钱，学生坐下来是听你讲考试、讲题、讲怎么提高成绩的。上课可以不幽默，但是必须有干货。还是两个礼拜，下次再来试讲的时候，一个段子都别讲，就讲题。”

走出去的时候，我仿佛踩在云里，整个人轻飘飘的。

坐在桌前，看着郝老师给的一摞书，呆坐了很久。最后，我抓起一本书开始做题，越做越心慌，越做心里越没底。题目那么多，每道都不一样，两周时间别说备课了，全做一遍时间都够呛，我只好夜以继日地猛做。母亲奇怪地问我，你不是去教书吗？怎么像在高考。

这一次站在郝老师面前时，就算他让我讲个笑话我也没这个心情，我神色凝重，咬牙切齿地讲了一道自己做错的题，讲单词，讲语法，讲篇章，讲自己做错的思路，讲到自己都觉得荒腔走板，一塌糊涂。

讲完课，我自己先颓了。

郝老师带着一丝难以察觉的笑意说：你回去再做两遍，两周后再来。

我坦白，不知道该怎么讲题。

郝老师给了我一句：只讲一道题，但要等于讲了一百道。

莫名其妙……

原来骄傲得不可一世的那个我，如今已经被现实给勒死了。我坐在它的尸体旁边，一道题一道题地重做。我想得太简单了，满怀自信地跳进水池才发现原来是汪洋大海，哪个方向都没有陆地。

我跟母亲说想放弃，母亲说放弃呗，你大概不是那块料。

我跟朋友说很苦，朋友说放弃呗，你本也不想干老师这行。

很快，又过去了两个星期，我像只斗败的公鸡一样站在郝老师面前，讲到一半几乎就要讲不下去了。

最后，郝老师说："回去再把习题做两遍，两周后见。"

我不想去了。

我觉得这是在跟自己过不去，为了一份我并不怎么想干的工作，图什么啊！

我丢下书，出去疯玩了两天，心里却总感觉被什么东西钩住了，往回拽，劲儿不大，却甩不脱。

终于还是跟自己说，再给自己半年时间，直到出国离开为止，真不行就认怂，但现在还不到彻底放弃的时候。

坐回书桌前，习题已经卷了边，用手压了压，继续死磕那上千道题，连梦里都在定位题干里的出题点对应文章哪个段落。渐渐地，散乱的习题开始清晰起来，成了一幅拼图，它们开始自己走到一起，结成块，连成片，分成类。

当郝老师打断我试讲的时候，我还有很多内容没有讲完。他拿过我手里的讲义，看着满满三四页纸对一道题的剖析，还有跟其他相同和类似习题的对比，他的眼睛又成了两条细线。

“你懂了。”

“懂什么了？”

“懂一道题和一百道题的关系。暑假你可以开始上课了。”

“可我还没准备好！”

“没事，又不让你讲阅读，教听力吧。”

我没听错吧！你是在逗我?!!

“听力我一道题都没备过呢！而且这已经是我第六次试讲了，时间过去了三个月，现在离暑假只剩下不到四十天了……”

“没关系，现在对你来说都是一样的。”郝老师脸上又浮现出了无耻的笑容。

……

那个暑假，我走进三百多人的大教室，生平第一次站在了讲台上，第一节课下课后，我的衬衫直接能拧出半盆汗来……课上没有人笑得前仰后合，学生们却给了我一个接近优秀教师的打分。

后来，我真的成了郝老师说的明星教师，用了不到一年的时间。

也许就像丘吉尔说的：人总是在一个不适当的时间，被推上一个不适当的位置，去做出一件正确的事情。

我现在依然不知道自己是不是这块料，但想起那灰暗的三个月，只能暗自庆幸。

在那些时光之焰里煎熬，痛苦而漫长，最初被烧得体无完肤，然后你会被重建。在曾经的自己坍塌的废墟之中辨别、寻找，抛掉骄傲、自大和狂妄，只留下那些真正闪光的部分。最终，放弃的都成了餐桌上的火鸡，撑下来的，涅槃出一个全新的自己，翱翔云天。

番

外

/

你还不知道自己怎么回事吗

蓝发卡问我读完课程之后一个月就考试来得及吗？

我心里的答案是，基础好的同学肯定来得及。

你，未必啊。

我怎么也不会想到，眼前这个瘦小的姑娘，后来成了她们班上的传奇。

那是一个小班，她梳着中长的马尾辫，每次都用一个蓝色的贝壳发卡收拾得很干净。我已经忘了她的名字，对她印象深刻是因为在那个班里，她的成绩最差。

第一次做完题，大部分同学的正确率都在70%，只有她，不到20%。

课后她总是很主动地来请教问题，每次都是一大堆，别人可能是上课开小差，她是真的基础差。以至于我不得不很直接地告诉蓝发卡，她报错了班级的程度，建议她考虑先去上个基础班，再来听应试的内容。

她摇头："老师，我没时间了，只能一边做题一边跟上。"

那就得比其他同学多花时间了，你会很辛苦。

她点头，眼神里满是坚定。

蓝发卡来自一个北方的小城市，来到大城市上大学，读的是外贸专业，自己并不喜欢。

毕业后留在了上海，在一家小型的外贸公司上班。一周要工作六天，还经常加班，来上培训课都要先跟老板请半天假。

她喜欢大城市，不想回老家，但又觉得这样的生活压力很大，自己也不开心，所以决定出国读书，念自己喜欢的专业，出去看看世界，而且不给自己犹豫的时间，就今年，必须走！

这些都是我后来才知道的，她比我想象的要努力得多，也辛苦得多。

我根据她的水平帮她定了一份复习计划，说实话，挺苛刻的，我根本没指望她能完成。

之后差不多每天都能收到她的邮件，中午、晚上，甚至还有深夜一点多发的。我在第二天早上才能回复。内容也不只是听力，阅读和写作的问题都有，我也就顺便一起回复了。

就这样一直到考试前一天，我给蓝发卡写了一封邮件，建议她睡个好觉，轻松进考场。很快她就回复了我，邮件内容只有一个字：好！

我又想起她第一次来问我问题的时候认真的神情，我感觉那时候的她如同一张紧绷的长弓，弦已拉满，一触即发。

我总是认为上考场前有压力是好的，只要能扛住，压力会帮你更好地发挥自己的潜能。但我不知道她能否顶住压力，也扛住自己，但我已经帮不上什么了，只能祝她好运。

雅思考试的满分是 9 分，按照她刚来上课的时候，听力 4 分都不到的水平，我估计她这么短的时间最好也就考到 5.5 分了。

结果蓝发卡拿到的，是一份令我震惊的成绩单。

听力 7.5、阅读 7.5、口语 6、写作 5，总分 6.5。

她邮件的字里行间，满溢着兴奋，连说了好几次“自己都没想到”，运气太好了。

但我知道，那肯定不只是运气，你知道那些日子，蓝发卡是怎么过的吗？

早上六点起床，放听力，六点半出门上班，到单位要两个小时，路上就继续听听力，在地铁上看作文，八点半开始上班，十一点半午休吃饭，抓紧时间做一套阅读，十二点半继续上班，下午五点半下班，路上继续听力、作文，到家随便吃点儿东西就开始做套题，有问题就发邮件问，每天到零点睡，有时候加班，九点多才到家，也必须做完两套题再睡。

这样的作息，她坚持了小半年。

我问她，累吗？

她说：累，但是觉得很充实，也很有干劲儿，感觉是在为改变自己的命运而努力。

之后在其他的班上，我有时还会讲起蓝发卡的经历。也许对很多坐在下面听课的人来说，蓝发卡只是一个别人的故事。但我知道，这是我亲历过的一个女生的奋斗过程，每次讲起，脑海里总会浮现出她整齐的马尾上那个蓝色的发卡和认真而坚定的表情。

学生里依旧还有上班族，一次有个男生在课间问我，他现在工作挺忙的，觉得没时间复习，需不需要辞职，全职来备考。

我问他是不是已经辞了？他说还没有。

那你可千万别辞掉，不然工作没有了，你也复习不好。

他问为什么？

如果你辞职，时间是多了，同时压力也小了，我猜你的状态应该会是这样，早上起床，发现该吃午饭了，下午玩玩游戏、看看碟，晚上跟朋友聚一下，等到想起来复习，基本就开始说服自己明天再看吧，然后第二天又是如此的循环往复。

男生不信，怎么可能！

你有没有这样的经历？读书的时候期末考试没考好，下决心假期里一定要好好努力，于是背了很多书和参考资料回家，等开学时什么结果？是不是一页没看，怎么背回去的怎么背回来。

男生大笑，说，是这样的，老师你怎么知道。

我当然知道，因为这样的事儿我也干过，甚至比你还过分，就是背回家之后懒得再背回来。

哪怕你再忙，只要下定决心要做件事，必定可以挤出时间来，而且这样的时间你会特别珍视，效率反而会很高。可时间太充裕，如今谁还没个拖延症啊。等你想起来要做的时候，时间已经被浪费得差不多了。人不能给自己太多选择，也别试图去逃避压力，之所以会前进，是因为生活里总有一根刺在背后扎你，疼了才知道不能懈怠，得继续努力。

想要把压力都卸掉，轻松自在地成功？

得了吧，你还不知道自己是怎么回事吗？

后记

“我常常在桌子前困坐了一天，写不出一个字，最后只是把桌面擦了50遍。这是每个写字的人都会遇到的尴尬。”

2014年5月在图书馆读到Robert Mckee的这句话时，我不禁拍案而起：太XX对了！（随后被管理员赶了出去……）

起初想写这本书，是在做完第一季Mars Talk脱口秀时萌生的想法。念头很简单，人快三张了，留点儿什么祭奠一下侥幸没喂狗的青春吧。

然后2013年的冬天，我接到了莎莎的电话。

12月我在咖啡馆见到了她，我问的第一个问题是：“出一本书我要花钱吗???”

她的回答是：“你好好写就不用花钱了。”

那就好好写吧！于是随后的三个月里，我挤出了不到两万字……

期间，我陷入了严重的自我怀疑。我写的东西会有人看吗？怎么写才会好看呢？我写的是不是大家都已经知道了呢？

大部分时间里，我都觉得自己下一刻就要拿起电话跟莎莎说：I quit！

直到有一天，我写完蓝精灵、写完凯撒大帝……突然想起身边的人们，那一刻仿佛像是从另一个世界的时空穿梭了回来，我依然在这里，清醒地看着我曾经所有的困惑、意外、惊喜……我才明白，这本书就是为我这样的笨人而写的。

所有人从来到这个世界开始，就在追求安逸和渴望光荣之间摇摆。懒惰留下了一些人，时间改变了一些人。剩下的，都是不那么聪明的家伙，他们不知如何取巧，学不会怎么偷懒，更找不到所谓的捷径。他们用自己的笨办法待人处世，成了所谓的异类。看起来有点儿拧巴，还有点儿格格不入，总之，和别人不太一样。但也许，这些特立独行的人，才是真正不忘初心的家伙……

写这本书的过程，就是在践行着书里的他们，我能倚仗的，真的不是天赋，而是笨拙的力气。

这股力气，我还会用来继续奔跑，从纸上到网上，从网上到地上。今年，我会带着这本书去很多的地方，见很多的人。在相遇之中，你我谁也不用指导谁，只要心存盼望并彼此鼓励：我们这种笨人呐，就算慢慢跑着，但也绝不停下来。

在英语里，大学毕业典礼叫作 Commencement。有意思的是，这个词并非结束，而是开始，寓意“毕业”是走上社会的新开始。同样，这后记不是结束，而是开始。

因为第二本书，已经动笔了。

很喜欢托尔金在《指环王》里写的一句话：Fly！ You idiot！ Fly！ （飞啊！你这笨蛋！快飞起来啊！）

在此谢过给予我巨大帮助的人，戴克莎、万士圆、杨爽、静媛姐，还有一直关心着我的你们。

2015.1.1